芝麻开门系列

麻雀在唱歌

Let the Sparrow Fly High

祁智 著

江苏凤凰美术出版社

四(1)班

欧阳峰
孙新悦
张天
姜珊

目 录

Contents

第1章 捡到一只小麻雀

窗外有一朵白云。白云移动得非常慢，过了老半天还在窗子的这一格里。秋天的高空是湛蓝的，云格外白，白得让人想用手去摸一摸，但又不敢，生怕把白云摸脏了。

“徐老师驾到。”李强说。他的耳朵总是很灵敏。别人没听到的，他听到了。他不仅能听到脚步声，还能分辨得出脚步声是谁的。

同学们一齐坐好。

脚步声从无到有，从远到近。大家也听出来了：

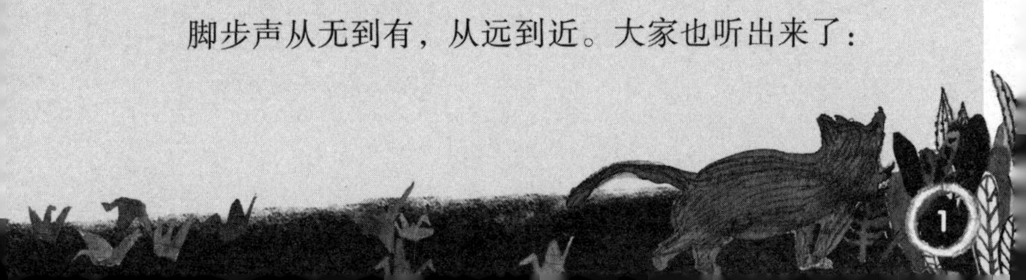

是徐老师。

徐老师出现在教室门口。她穿着白色的套裙，上身有些宽松，腰间略微用松紧带收了收。她就像一朵白云飘到了教室门口，飘进教室，飘到同学们面前。

这套衣服，是孙新悦设计的。徐老师怀孕了，要穿宽松的衣服；腰间用松紧带收一下，显出她很好的身材，又不会勒到肚子。

徐老师将在市妇幼保健院生宝宝。班上大多数同学都是在那里出生的。杨晨的妈妈在那里当医生。他妈妈说："徐老师真是好福气，怀孕了，除了长发变成了短发，其他一点没变。"

"就怕徐老师变成一个邋里邋遢的人。"李强曾经说。

杨晨问："徐老师邋里邋遢就不是徐老师啦？"

"徐老师还是徐老师，"李强说，"总不如过去的徐老师吧？”他忽然问大家：“你们不希望老师邋里邋遢吧？”

好多同学都赞成李强的意见。李强看到这么多同学点头，很高兴。他得意地看着孙新悦。

孙新悦的梦想是做著名的服装设计师。李强愿意跟着孙新悦，哪怕做保镖也行。

“保安啊？”张天问。

李强纠正说：“保镖！”

“镖头啊？”张天故意问。

李强强调说：“保镖！世界最顶级服装设计师孙新悦的唯一正宗御用贴身保镖。”

孙新悦看着李强和杨晨打“口水仗”，笑眯眯的。她的目光告诉李强，她也不希望徐老师邋里邋遢的。当然，徐老师怎么可能邋里邋遢呢？

“李强，你不要以为你赢了哦。你那么担心徐老师邋里邋遢，就是对徐老师没有信心。”杨晨笑

着说。

姜珊马上接过话："对！我们从来没担心过徐老师。徐老师嘛，天上掉下来的。"

"天上掉下来的？"李强总算抓到一个漏洞，"掉下来还得了？应当是飘下来，是——降落，噢不，是降临，是驾到！"

大家都赞成这一点。从此，徐老师就不是"来了""到了""过来了"，是"驾到"了。

徐老师"驾到"了。

这次期中考试，学校在四年级试点"面批"：老师批到哪位同学的试卷，就请哪位同学去办公室，最后不打分数。这样做，每个同学都知道自己为什么错、错在哪里、怎么改进，而且没分数就没有排名。"面批"让老师们的工作量增加了，但效果很好。市教育局很关注这件事，专门成立了课题组，组长是李校长。

但是，即使不打分数，成绩好的同学还是记得自己的卷面成绩，加一加总分，几个同学一凑，名次就排出来了。

“孙新悦，你多少分啊？”李强问道。

孙新悦和尹露露的成绩是全班最好的，第一名一般在她们之间产生。李强对孙新悦成绩的关心程度，超过了他对自己成绩的关心。每次考试，他都很紧张，生怕孙新悦考不好。

“语文97——作文扣3分，数学100，英语100。”孙新悦告诉李强。她的成绩一直很稳定。

尹露露语文98——作文扣2分，英语100，数学98——她粗心，一道题的答案后面没写单位，扣2分。

孙新悦总分比尹露露多1分。

当大家祝贺孙新悦的时候，孙新悦却很冷静。她学会了卷面分析：作文少尹露露1分，这是水平问题，

我很难赶上；尹露露数学扣掉2分，这是粗心问题，下次改正就行。所以，在孙新悦心里，尹露露排第一。

徐老师来，就是要求同学们不要排名次。但是，即使同学们不排，家长也会问、也会排啊。所以，大家笑着听徐老师说，却不会听徐老师的。

徐老师知道这一点，说着说着就笑了："排就排吧。你们记住就行了：现在排名，没有什么意义。"

放学了。

大家整理书包。有安安静静收拾着的，如孙新悦、尹露露，她们会把书本按大小一本本叠放好，整齐地塞进书包。有风风火火收拾着的，如钟海涛、欧阳峰，他们的书几乎是被扔进书包的。

尹露露、姜珊背着书包，走到孙新悦身边。

孙新悦站起来，侧过头对李强说："再见哦。"

"老板，再见！"李强"啪"地直起身，帮孙新悦把书包背到背上。

李强和杨晨是今天的值日生。同学们都走了以后，他们洒水、扫地、擦黑板、整理桌椅。他们把教室收拾得干干净净，锁好门窗离开。

太阳落到西边的高楼背后去了。天空不再是湛蓝的，而是像从西向东抹了淡淡的红。那朵白云，飘出了视线之外。风越过高楼吹过来，不再是热热的，而是带着一丝丝清凉。

校园里安静了。

几个高年级的同学，在给校园里的主干道洒水。门房顾爷爷帮他们推着洒水车。

校门口空空荡荡。每天上学和放学高峰，校门口挤满了人。十分钟过去，人基本上都消失了。

“饿不饿？”杨晨问李强。

李强说：“不饿。你饿啦？”

“难道饿才能吃东西啊？”杨晨严肃地看着李强。

李强“扑哧”笑了:“哈哈,你这是要请客啊?”

杨晨指着路说:“我们沿这条路走，走到五百步，没好吃的，就算；有好吃的，就吃。”

“好啊。”李强说。杨晨指的方向通向小区，他们没走过。他做出很馋的样子，吸着口水、舔着嘴唇：“哎，好吃的标准是什么呢?”

“就是你和我都想吃的。”杨晨想了想说,“比如,你喜欢吃臭豆腐,我不喜欢,那就不是好吃的。”

“那要是烤鸡翅什么的呢?”李强问。他知道杨晨最喜欢吃烤鸡翅。

杨晨吸着口水说:“你看你,让我条件反射啊!”

李强和杨晨边说边走。路的两边，一边是栅栏，一边是围墙，没有路边店。前面的路两边有好多人，好像是在买东西。

有人就好。李强想。如果有烤鸡翅，他想请杨晨吃。

李强突然站住了。

“你怎么了？”杨晨也停了下来。他看看李强，又顺着李强的视线看向前面。

“你看，那儿，地上，好像有只鸟儿。”李强指着前面说。

前面不远，在围墙边的一棵树下，有一只鸟在扑闪。

杨晨和李强不说话，弓着腰，慢慢向前挪动。他们看清了，是一只棕褐色的小麻雀。小麻雀的一只翅膀微曲着，另一只翅膀用力地拍打着地面。无论怎么努力，小麻雀只能原地转圈，飞不起来。

杨晨和李强蹲下身子。杨晨伸出手，嘴里说：“别怕啊，别怕啊。”小麻雀惊恐地脚撑地，滚了两圈。

李强趁小麻雀不注意，从侧面捂住它。小麻雀在李强手里挣扎着，小心脏剧烈地跳动。

“松一点，松一点，要捂死它的。”杨晨说。

李强松开一点点。小麻雀从他的虎口那里探出头，东张西望。李强摊开手掌，杨晨也跟进把手掌凑上来。小麻雀站在他们的手掌心，一只翅膀垂着，羽毛上有一些血迹。

“它受伤了？”李强说。

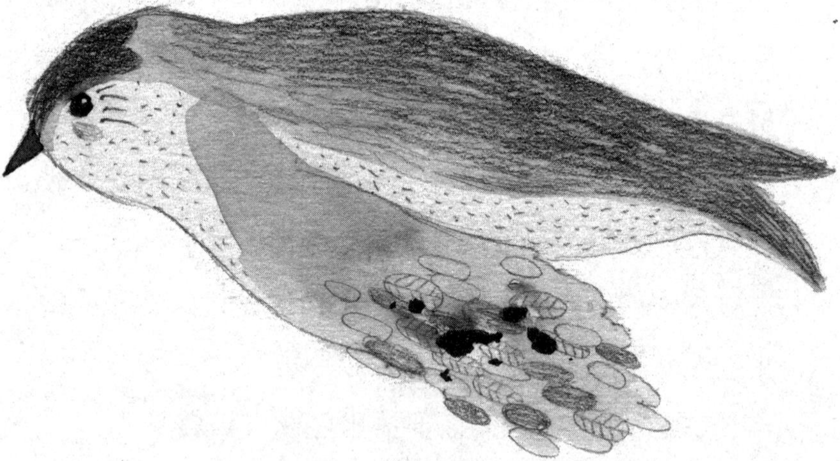

杨晨说：“嗯，不然就飞了。”

杨晨抬头看看，李强也抬起头。

树上只有树叶，没有其他鸟。杨晨和李强很久没见到城里有鸟了，哪怕是最普通的麻雀。那么，这只鸟是从哪里来的呢？

“我们应该带它去看医生！”李强把小鸟的两只翅膀拢在一起，从背脊处拿起鸟儿，轻轻放在另一只手上。

杨晨说：“好！看来只有我们能救它了。”

几只猫不知什么时候走了过来。三只猫贴墙站着，两只猫趴在围墙上，还有两只猫坐在路对面的栅栏上。

好险哪！

第2章 带小麻雀去医院

“就差一步啊！”李强说，“我们被猫包围啦！”

杨晨对着猫扬手：“去！”

猫们对杨晨的动作毫不理睬。它们眯着眼，盯着李强手上的小麻雀。它们很久没有见过小麻雀了。也许，它们从没有见过鸟。

杨晨上前两步驱赶：“去！去！去！”他捡起墙角的一块碎砖头，扔向墙边的猫。

三只贴墙站着的猫看着杨晨的手，视线跟着他扔出来的碎砖头走。碎砖头快要落地的时候，离碎砖头最近的一只黑猫才跳了一下。三只猫知道杨晨当真了，举着尾巴，缓缓转身，扭头看着他。两只趴在围墙上的猫，一翻身，跳到围墙那边。路对面栅栏上的两只猫，头朝下，挂在栅栏上，然后掉下来，软软地落地，屁股对着杨晨和李强，慢条斯理地走了。

“去医院吗？”李强问。

杨晨说：“学校门口不远，就有社区卫生院。”

“卫生院？”李强问，“卫生院是看人的，我们要去宠物医院吧？”

杨晨说：“你知道宠物医院在哪里吗？还是先去卫生院吧。”

社区卫生院在学校南边不远的地方。

社区医院门前道路上，人来车往。路边乱停了许多自行车、摩托车，还有小汽车。一辆出租车开过来，响着喇叭，结果陷进了重围，进不了、退不得。里面的乘客等不及，推开门，急匆匆跑了。

“走哎，你走哎！”一个老爷爷对出租车司机叔叔说。

司机叔叔探出头，苦笑着说：“爷爷，我也想走呢，但不能走哎。我要是有翅膀，我就飞过去了。”

“有翅膀，也不一定能飞哦。”李强对杨晨嘀咕。

杨晨走在前面，帮李强开道。李强握着小麻雀的手放在口袋里，另一只手挡着随时可能碰过来的人。

社区卫生院里，散发着药的味道。里面的人比门外的还多。有的妈妈抱着小宝宝，小宝宝哭着；有的小姑娘扶着老爷爷，老爷爷大口大口吸着气；有的病人拿着病历，仰头看卫生院的就诊指南，不知道应该去哪里；好几个吊水的人，一手高举吊瓶，一手横在胸前，靠在墙边聊天……挂号和缴费窗口挤满了人。

“怎么办？”杨晨问李强。

李强侧着身子挤到挂号窗口，对排在最前面的一个叔叔说：“叔叔，我有急病，能不能先挂号？”

“你，急病？”叔叔捂着肚子，向一边让了一让，“你急病啊？你爸爸妈妈不带你啊？你快点吧。”

李强谢谢叔叔和叔叔身后的人，对挂号的阿姨说：“阿姨，翅膀断了，挂哪个科啊？”

“什么？”阿姨凑过脸，紧张地问，“你什么断了？”

“翅膀。”李强说。

叔叔推开李强说：“走开走开，小家伙来捣乱啊？翅膀断了，来挂号。你翅膀断啦？”

“我……”李强明白自己说错了。他红着脸，要解释，但叔叔后面的队伍把他挤到一边去了。大家露出不欢迎他的表情。

杨晨把李强拖出来：“哈哈，你以为你是小麻雀啊？”

“误会误会。下面怎么办呢？”李强看着长长的队

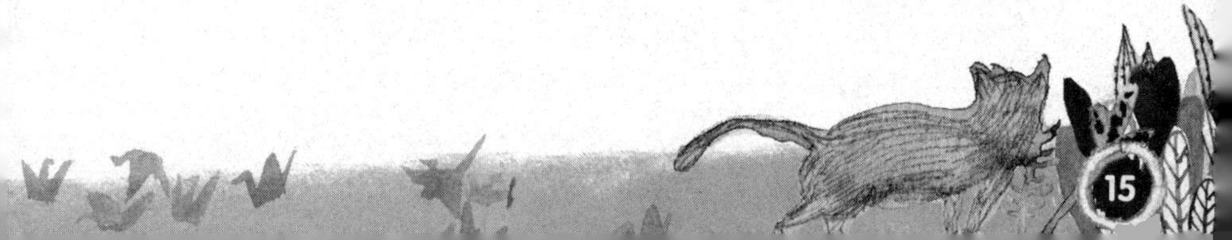

伍说。

杨晨说："走！去宠物医院。"

社区医院门前的人和车一点没有减少。那辆出租车向前移动了几米，但要冲出车阵，还有很长的一段路。杨晨和李强走过去，分别站在车头两边，让迎面过来的人和车让一让。

出租车的速度快了一些。

出租车冲出重围了。

"谢谢啊。"司机叔叔说。

杨晨拉开副驾驶室的门，坐进去说："叔叔，带我们去宠物医院。"

李强从后面坐上车。

"宠物医院？你们谁是宠物啊？"司机叔叔心情不错。

"他！"李强指着杨晨说。

杨晨几乎在同一时间指着李强说："他！"

“好啦。走吧。”司机叔叔一踩油门，车蹿出去了，“可把我憋死了。”

“叔叔，宠物医院在哪里啊？”李强看着这车速，担心可别跑长途啊。

“到了！”司机叔叔猛地刹车，“下车吧，免费。”

杨晨和李强下车。原来，离学校几百米的地方，就有一家宠物医院。

宠物医院门口没什么人，很安静。门前停了几辆高级轿车。杨晨和李强认识一辆宝马、一辆奔驰、一辆路虎。还有两辆红色的跑车，他们不认识。跑车几乎只有旁边的宝马、奔驰一半高，让人不禁想到里面的人是不是坐在地上。

宠物医院里面很干净，空气里有一种好闻的清香，音乐也很好听。

一条白色、高大的狗从一个房间跳出来。

“妈呀！”李强吓得退到一张沙发后面。

狗跳出来就和杨晨打了个照面。狗和杨晨一样高。杨晨直挺挺地站着一动不敢动。狗很热情，吐着舌头，哈着热气，从上到下又从下到上闻着杨晨，还友好地蹭着杨晨的裤脚。

杨晨快哭了。

“啊呀，我的宝贝。”一个阿姨跟出来了。狗立即转身，跳起来，把前爪搭在她肩上。阿姨一边抚摸狗，一边对杨晨说：“小朋友不怕。我家宝贝只对好孩子才这样。”

“呵呵，没事没事。”杨晨忍住哭，笑着说。

阿姨带着高大的白狗走了。

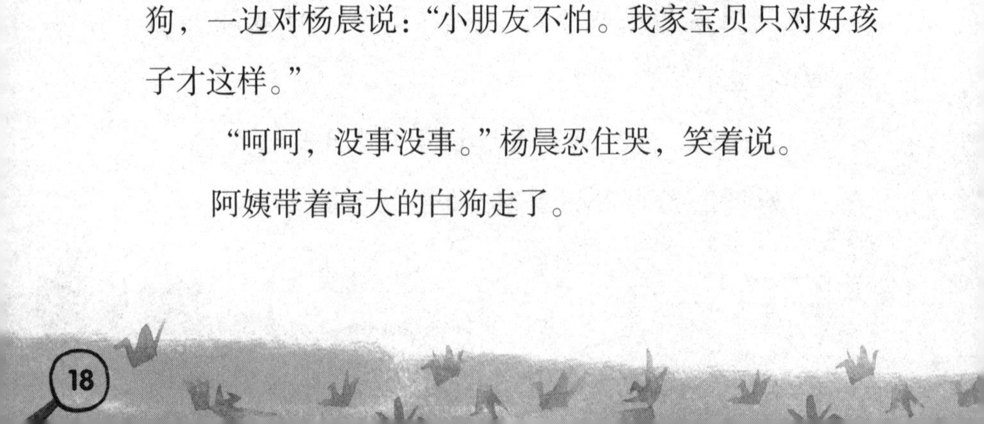

一个像姐姐一样大的工作人员走来，问杨晨和李强有什么事。李强要把小麻雀拿出来，杨晨按住他的手：“鸟算宠物吗？”工作人员说算，里面就有一只孔雀在洗澡。杨晨又问小一点的鸟算不算。工作人员说算，里面有一只鹦鹉在治拉肚子。

“再小一点呢？”杨晨问。

一个伯伯抱着一只猫进来，李强赶紧把有麻雀的那一侧用沙发挡着。

工作人员对抱猫的叔叔说：“王先生，您来啦！跟我去9号。”她一边带抱猫的叔叔向里走，一边对杨晨说：“算。里面有一只画眉在修剪羽毛。”

“麻雀呢？”李强问。

工作人员一愣，抱歉地笑着说：“麻雀？不知道。我没见过麻雀。”

“呵呵，以前满树的麻雀，叽叽喳喳，一拍手‘轰’地飞得到处都是。现在不见麻雀了，城里的孔

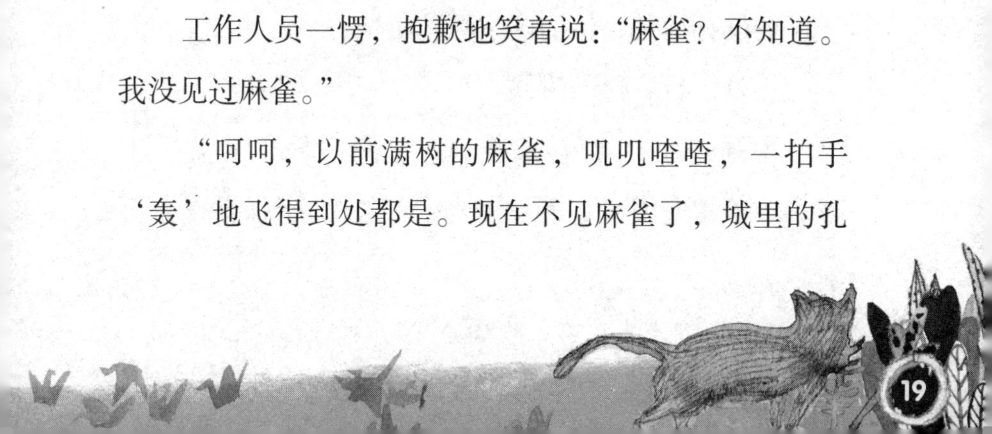

雀都比麻雀多。”抱猫的伯伯摇着头说。

李强还要说什么，杨晨指指墙上，拉李强出了宠物医院。墙上是价目表，会员制，给一只猫洗澡要三百块，给一只狗做发型要一千块。

“给小麻雀治疗，起码二百块。”杨晨说。

李强拿出小麻雀，让它透透气。小麻雀已经很乖了，小心脏不再剧烈跳动。它歪着小脑袋，看看李强，又看看杨晨。

“去中医院吧。”杨晨说，“不远。”

“你有钱吗？”李强问道。

“有一百块。”杨晨说，“你呢？”

李强说：“有不到三十块。”

杨晨挥挥手，他们向中医院走去。

正是下班高峰的时候。

李强一手握着小麻雀，另一只手轻轻地笼在上面。轻了怕它乱动，重了又怕弄疼它。李强觉得自己似乎从来没有这么温柔过。

“我拿一会儿？”杨晨说。

李强说：“还是我拿吧，它好不容易熟悉我。”

路边有一家烧烤店。烧烤店门口竖着一个广告牌，广告牌上画着烤鸡翅。被烤的鸡翅很夸张，好像是一架飞机。

杨晨和李强站住了，在烧烤的香味里流着口水。

李强笑着说：“我本来是想请你吃鸡翅的。”

“我们……也许给小麻雀治伤不要这么多钱，”杨晨摸摸口袋说，“不如我们一人一根烤鸡翅吧。”

“好啊好啊，我去。”李强说。

杨晨摆摆手：“我去。你把小麻雀带进去，里面在烤翅膀，它不怕啊？”

“那是鸡翅。”李强说。

杨晨说：“不管鸡翅、鹅翅、鸭翅，还是麻雀翅，

总之是翅膀。”

“噢。”李强觉得杨晨的话有意思。

杨晨花了二十块钱，买了两根烤鸡翅。他把一根给李强，另一根塞进嘴里。鸡翅既大又烫，塞满他的嘴，把他的腮帮子撑鼓了，他还要不停地吸冷气、吐热气。他用舌头艰难地调整鸡翅，移到牙齿下。

第3章 今晚住我家吧

“好吃。”李强笑着说，“我们给小麻雀治疗翅膀，却吃着鸡翅，好像不公平哦。”

“不吃一根鸡翅，走不动路了。”杨晨通过舌头调动，把骨头剔除出来，吐掉，剩下满嘴的肉，“呵呵，鸡要是知道了，一定会到动物法院控告我们。”

“麻雀一定会在动物报纸上，表扬我们。”李强说。

“哈哈，我们在鸡那里是坏人，在麻雀那里是好人。”杨晨说，“打一个平手！”

杨晨和李强边说笑边跑，来到中医院，背后被汗湿透了。进了候诊大厅，里面亮着明亮的灯，他们这才发觉天快黑了。中医院是大医院，挂号、缴费、拿药的窗口很多，排队的队伍都不长。

杨晨要去窗口排队，李强拉住他问挂什么科。

杨晨说先排了再说，等到挂号的时候问。李强说不行啊，万一不给挂怎么办。杨晨说医生不会见死不救。李强说那是救人不是救麻雀。

“对！”杨晨说，“挂什么科？”

李强说，他的脚和胳膊扭过，妈

妈带他去医院，当时好像挂的是外科。

“你有脚，它有脚。你有手，它没手，那么翅膀就是手。得给它挂外科。”杨晨分析着。

“外科。”杨晨老练地说。

窗里的阿姨问：“什么问题？”

“嗯，手扭了。”杨晨说。

窗里的阿姨问：“扭了？你吗？”

“不是我，是他，我同学。”杨晨指着李强说。

李强把胳膊横在胸前，做出痛苦的样子。

窗里的阿姨一边挂号，一边对杨晨说：“以后少闹着玩啊，胳膊扭了，写作业怎么办？给，到二楼急诊。要不要给家里打个电话？”

“不要不要，没什么要紧的，就是检查一下。”李强晃着刚才横着的胳膊说。

杨晨和李强上二楼。杨晨走在前面，李强握着小麻雀跟着。他们看见急诊二室里没有病人，就进

去了。

医生看进来的是两个孩子，站起来，离开办公桌。他把杨晨按坐在凳子上："小伙子，你怎么啦？"

"不是我，是他。"杨晨指着李强说。

李强把小麻雀捧到医生面前："不是我，是它，翅膀受伤了。"

医生愣住了，门外候诊的病人笑了。

李强解释说："翅膀，也就是手，受伤了。"

"小朋友，我这里是给人看病的，不是看鸟的啊。"医生整理桌上的资料，笑着说。

李强着急了："医生，你会帮人治病，治个鸟肯定没问题！"

"医生，我们在路上捡的。它差一点就被猫吃了！"杨晨在一旁请求。

医生笑笑，接过李强手里的小麻雀说："我看看它哪儿受伤了。”

李强指着小麻雀的翅膀说：“它好像是这儿受伤了，还流了一点血！”

医生抓起小麻雀的两只脚，倒悬着。小麻雀勾着头，一只翅膀扑扇，另一只翅膀垂着。他捏着那只垂着的翅膀，小麻雀“叽呀”一声尖叫，好像很疼。他托着小麻雀，来到一个银色的钢制盘子旁，先剪掉伤口处的羽毛，露出翅膀根部的伤口。他用镊子夹起一个棉球，在小麻雀受伤的地方擦了几下，又涂了碘酒。

“给，外伤。”医生把小麻雀还给李强。

“这样……这样就好了吗？”李强疑惑地问，“这么简单？”

“翅膀没断，受了一点伤，加上心急和害怕，所以它飞不起来了。”医生笑着说，“它现在飞不起来，不代表飞不起来哦。当心它飞走啊。”

杨晨和李强走出急诊室，心情很不好。他们在走廊等着，希望能碰到一位好心的医生，能再帮小麻雀看看。

一个穿着白大褂的医生走过来：“怎么了，小朋友？你们怎么在这儿？不舒服吗？”

李强摊开手来：“医生，它受伤了。刚刚那位医生就涂了一点药水。你说这样就可以了吗？”

医生看着李强手里的小麻雀：“伤口处理过，就不会发炎了。你们要是不放心，我给你们一点药水吧。”

医生带杨晨、李强进办公室，往一个小空瓶子里倒了一点碘酒，还给了几根棉签。两人很开心，脑袋点得像小鸡啄米。

李强捧着小麻雀，跟着杨晨走出医院。天快黑了，路灯一盏盏亮起来了。路上，车在向前，人在向前，都是急匆匆的。他们看看路牌，一个得向西走，一个得向北走。杨晨盯着李强的手，李强盯着杨晨的眼睛，他们遇到一个必须马上解决的问题：小麻雀怎么办？

“你——”杨晨迟疑地说。

李强为难地看着杨晨：“我肯定是不能带回家的，我这次考得不好。我把小麻雀带回家，会被赶出家门的。”

“可是，我也不知道我爸妈允不允许。”杨晨低着头，拉拽书包的背带，拽一下、松开，再拽一下、又松开……眼睛直直地盯着脚尖前面。

“要不，我带回家吧。他们要是把我赶出家门，我就带小麻雀去做流浪儿!”李强轻松地说。他不想让杨晨委屈。

杨晨抬起头说：“我想好了，我带回家吧。我就说不能见死不救。”他又说：“你记得医生说的话吗？”

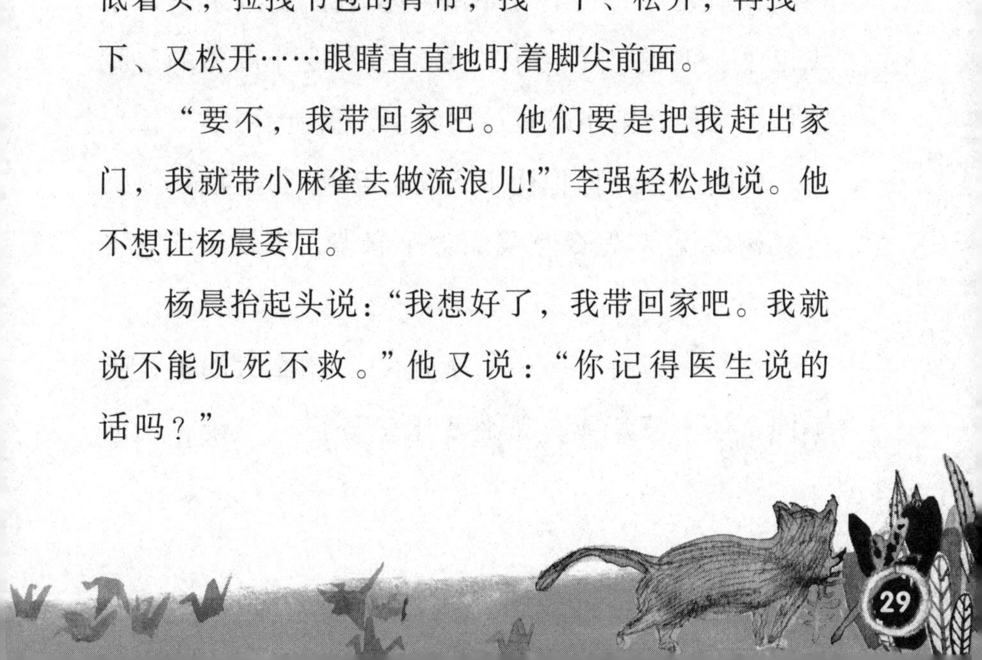

"哪个医生？"李强问。

杨晨说："第一个医生，看急诊的。"

"记不得他说什么话了。"李强想着说，"说什么了？"

"'翅膀没断，受了一点伤，加上心急和害怕，所以它飞不起来了。它现在飞不起来，不代表飞不起来哦。当心它飞走啊。'记得吧？"杨晨说。

李强说："对啊。怎么了？"

杨晨说，也许，小麻雀半夜就恢复过来了，就飞走了。他说："你家住一楼，猫会吃小麻雀的。我家住十二楼，把小麻雀放阳台上，猫上不去。"

"啊？飞走啊？你让小麻雀飞走啊？"李强急了。

杨晨说："怎么？我们救小麻雀，不就是让它飞起来吗？"

"是……可是……"李强说，"这么大的事，班上同学还不清楚呢，怎么就让它飞了？"他说，不能就这样让小麻雀飞走，应该把小麻雀带到班上，让同学们都看看。有谁见过小麻雀呢？鸡见过，鸭子见过，猫头鹰见过，孔雀见过，小麻雀还真是没见过。

“迟速啊，张天啊，我老板孙新悦啊，姜珊啊，尹露露啊，都没见到呢。”李强说，“你看多惊险啊，差一步就被猫吃了。”

“再说了，你家住十二楼，小麻雀没飞过那么高吧？万一恐高，摔到地上，那还不死啊？”李强提醒说。

杨晨点点头，说回去把小麻雀拴着，明天带到班上，给大家看看。

李强悬着的心放下了。

杨晨捧着鸟儿回家。到单元楼下，妈妈也到了。他把小麻雀塞进书包边的空档。妈妈问他今天怎么这么迟回家。他说今天值日，后来又去了

医院。

“去医院？”妈妈停下脚步问，“怎么了？为什么去医院？谁去医院？”

杨晨知道说漏嘴了，赶紧说：“没事没事，去医院是给小麻雀看病。”

“给小麻雀看病？”妈妈问，“谁是小麻雀？你们给同学起外号啊？”

“没有起外号，小麻雀就是小麻雀，就是……一种鸟。”杨晨说。

妈妈被杨晨说糊涂了，想问明白，电梯到了十二楼。

杨晨和妈妈出电梯，开家门。杨晨对妈妈说先回房做作业，一进房间，就把门反锁了。他慌忙打开书包，从书包边掏小麻雀。他感到手上湿湿黏黏的，抽出来一看，手上沾着鸟屎。他擦掉鸟屎，掏出小麻雀。

小麻雀东看看、西看看，还歪着小脑袋看杨晨。

“你不能叫啊。你一叫，就暴露了。”杨晨对小麻雀说。写字台旁边，有一个棕色的镂空花篮。他把小麻雀放在花篮里，盖上一件衣服。

“杨晨，我们吃饭了。你爸不回来吃。”妈妈在厨房里喊。

第4章 秘密彻底暴露了

杨晨把小麻雀藏在花篮里。他掰了几片面包屑，放在小麻雀嘴边，然后将花篮吊在窗外。这是最安全、最保险的做法。猫除非有翅膀，否则是够不到的；小麻雀即使叫，也不要紧，窗外有一只鸟叫，不是很正常吗？最关键的是，爸爸妈妈不会想到，窗外吊着一个花篮。

天刚亮，杨晨就起床了。他悄悄开门，把花篮送到电梯旁边的楼梯口，然后回屋洗漱。

“杨晨，你……你要干什么？”爸爸听到外面有动静，拉开房门，探出头，眯着眼看手表，“六点还没到啊，你这……”

“我来弄早饭。晨晨，也没听你说今天要起早啊。”妈妈走出房门。

杨晨笑笑说：“不用了，我先去学校了，早上班里有事呢。”他带上家门，在电梯旁边的楼梯口拿出花篮，下电梯。他在早餐铺上买了两个包子，拎着花篮，在马路对面踏上公共汽车。

“杨晨，你们怎么了？”门房顾爷爷问，“那么早啊。李强已经到了。”

“爷爷，我和李强做值日呢。”杨晨说。

顾爷爷说：“做值日，也不要这么早啊。”

李强的听力特别好，早已从楼梯里的脚步声，听出杨晨到了。他站在教室门口，一见杨晨就说：“你终于来了！小麻雀呢？”

杨晨掀开花篮上的衬衫。小麻雀站在笼子里，脑

袋侧歪着张望，不时用短小的喙啄几下花篮。

“它可能是饿了。”李强从书包里拿出一个小塑料袋，倒出几粒小米，“这是邻居爷爷喂画眉的，我要来的。这可是正宗的绿色食品。”

杨晨和李强喂着鸟儿。

李强突然抬头说：“我老板来了。怎么办？”

杨晨侧耳听听，没有声音。

李强问：“要不要对她保密？”

“……这个——”杨晨说，“藏哪儿呢？”

果然有脚步声上来了。杨晨来不及藏花篮，李强接过去，把花篮放在凳子下面。

欢快的脚步，很快从远处跑来。孙新悦扑进教室：“啊？李强，你今天怎么来这么早？”

李强和杨晨迅速转身，靠在一起，挡住鸟笼。

“老板，我……昨天是值日生啊。”李强说。

“哦，对了。我今天特顺利，出门车就到了，上车还有座位，每一个路口都是绿灯行，一路顺风。”孙新悦边说边走向座位。

孙新悦和李强是同桌。

“那个，孙新悦，你先别过来！”李强慌乱中喊道。

“为什么？”孙新悦停下脚步。

“没什么！我们只是在……那个……”李强支支吾吾，用脚把花篮向后拨。

孙新悦早就看到杨晨和李强的脸色不对。她知道，脸色不对，问题一定不是在脸上。她看到他们并排紧靠在一起，还看到李强的一条腿在偷偷地动。她突然绕到他们身后，弯腰拿起花篮：“哈哈，这么漂亮的花篮啊，藏这儿干什么？”

“别动！”李强尖叫着。

孙新悦吓了一跳，手上的花篮掉到地上，小麻雀翻滚出来。

“啊？小麻雀？”孙新悦惊呼。

杨晨和李强几乎同时把食指放在嘴唇上：“嘘……”

孙新悦把花篮侧着，准备赶小麻雀进去。小麻雀自己转过身，走了进去。

“哇！这是一只听话的鸟啊！”孙新悦说。她问李强：“说说，怎么回事啊？”

李强看看杨晨，把捡到小麻雀的经过告诉了孙新悦。

“那你们……接下来怎么办？”孙新悦总是有很多问题。

李强着急地说：“赶紧想办法，一会大家就到了。”

“我们把小麻雀放在教学楼后面的树林里。”杨晨说。

教学楼后面有一片小树林，里面长着柳树、白杨树、梧桐树，还有一些不出名的杂树。这些树不是移栽来的，而是自然生长的。学校新建的时候，那里保存下来了。

“好！”李强说，“欢迎加入‘秘密护鸟联盟’。”

“秘密护鸟联盟”这个词，是李强临时想到的。他没想到自己会想到这么好的一个词。

杨晨也觉得好，但没听清楚，问："你说什么？你再说一遍。"

"秘密……"李强愣住了，转过脸问孙新悦，"秘密……我是怎么说的？"

"秘密护鸟联盟。"孙新悦笑嘻嘻地说。

李强说："对，是'秘密护鸟联盟'。"

已经有人上楼了，楼梯"咚咚咚"地响。这个时候拎着花篮下楼，会被人怀疑的。李强把小麻雀抓起来，放进口袋里，再把花篮扔到楼下。

"我们一个个下楼啊，不能一起下，一起下目标太大啊。"李强说。

杨晨、李强和孙新悦下楼。孙新悦站在墙角望风，杨晨去拿花篮，李强捂住口袋找合适的地方。他们在树林深处，选了一丛灌木，把花篮放进去，再用灌木遮盖好。

三个人觉得万无一失了，回教室上课。每节课下课，他们都默契地各自离开座位，绕到小树林。

中午放学，三个人匆匆吃了饭，又绕到小树林，给小麻雀喂面包和水，快上课了才回到教室。

李强刚进教室，便被钟海涛叫到一旁。钟海涛鬼鬼祟祟地对李强说道：“你，是不是在跟踪孙新悦？”

李强大吃一惊：“啊！什么？”

“你就别装了。我今天都观察你大半天了。一下课，孙新悦下楼，你就跟着。”钟海涛一副福尔摩斯般的神情。

“什么！哪有！我只是那个……”李强着急地说。

“你就别狡辩了！我告诉你，你的行动已经被发现了。”钟海涛凑到李强的耳边说。

“啊？谁、谁、谁发现？”李强问。

钟海涛看看班上，小声说：“我告诉你，你可要

保密。”

“我保密，我保密。”李强说，“谁啊？谁发现了？”

“杨、晨！”钟海涛吐出这两个字。

李强张大嘴巴，不知道说什么好。他突然反应过来，忍不住笑了起来。

“你笑什么？孙新悦下楼，你偷偷跟着。你以为没人知道啊？”钟海涛神秘地说，“只要你跟着，杨晨也跟着。这叫‘螳螂捕蝉，黄雀在后’。”

“跟着就跟着，我又没有犯错误。”李强心里踏实了，嘴巴就硬了。

“你跟踪女生，还不是错误？”钟海涛问。

李强说：“我、我那是为了保护她。”

“做好事啊？好啊，我马上在班里宣布……”钟海涛说，“大家会相信吗？孙新悦大白天的在学校里，要你保护干什么呢？”

李强说：“别、别，我……”他四下里看看，招手把钟海涛叫到身边：“我告诉你啊，我们是去看小麻雀的。”

“什么小麻雀？小麻雀在哪儿？”钟海涛的眼睛亮了。

李强很后悔说出了小麻雀的秘密。面对钟海涛的追问，他一个字都不想再多说了，只是摇头。

钟海涛不相信李强的话。怎么可能是去看小麻雀呢？哪里会有小麻雀？他笑着说：“编故事骗我啊？”

“我没骗你，下课我带你去看，你就知道了！”李强说。

丁零零……

钟海涛觉得李强的话不可信，但李强的话又好像是真的。他希望李强的话是真的，那样就会有小麻雀看了。他写了一张字条，递给欧阳峰：“下课要不要去

看小麻雀？”

欧阳峰接过字条，有些莫名其妙，瞄了钟海涛一眼。钟海涛又递过去一张字条：“李强带了一只鸟来学校，我们下课要不要去看？我保证是真的。”

“真的？”欧阳峰咧嘴做了一个鬼脸，“李强怎么可能有鸟？”

“我保证是真的。”钟海涛伸出手指，和欧阳峰拉钩。

欧阳峰点点头，写了一张字条，传给前面的孟可文，并指指李强。

孟可文看了看字条，上面写着：“李强，下课去看鸟儿，算上我一个。欧阳峰。”他看看欧阳峰，想给李强，手伸出去又缩回来。他笑了笑，在欧阳峰的名字后面，写上自己的名字：孟可文。

第5章 是谁告的密

张天用胳膊挡住脸，嘴向杨晨挪着，那意思是：“给你。”接着，他把字条递给杨晨。他并不知道杨晨和小麻雀的事有关。

杨晨早就发现有人在传字条，不知道是什么内容。现在，字条传到他的手上。他打开一看，愣住了：“李强，下课去看鸟儿，算上我一个。欧阳峰。”在欧阳峰后面，已经签了好几个名字。

“这个李强！”杨晨看看李强，心里恨恨的。

李强没注意有人在上课的时候传字条。他今天听

课格外认真。因为他觉得，有小麻雀了，就必须认真听课，否则老师还以为他是被小麻雀分心了。

孙新悦坐在李强旁边，听得也很认真。一只小麻雀让李强上课专心了，她很高兴。

杨晨看着字条，又笑了起来：这个字条，竟然传到他的手上。他把字条卷起来，放进铅笔盒里。

下课了。

“李强，你就招了吧。”姜珊说。

李强奇怪地问：“招？我招什么？”

“哈哈哈哈……”同学们都笑了起来。

李强突然有些心虚，瞄了杨晨一眼。他看到杨晨双手抱在胸前，眼睛瞪着，猜到大家为什么笑了。他严肃地问钟海涛：“是你出卖了我？”

“这个，怎么是出卖呢？”钟海涛说，“有好消息，就要分享啊。”

李强看看孙新悦，对钟海涛说：“哪里有什么好消息？我是骗你的。”

“啊？”钟海涛急了，“我都和欧阳峰拉钩了。”

“拉什么都没有用。”李强说。

杨晨和孙新悦低声说：“还是告诉大家吧。”

孙新悦点点头。

李强看到了，立刻站到凳子上，脸上是兴奋的神情：“你们想不想知道？”

“想！”欧阳峰说，“求求你，快点说。”

姜珊晃着李强的凳子说：“要说就说啊，不说凳子塌了。”

李强正要说，上课的铃声响了。大家赶紧回座位。虽然大家都想很快就知道李强的秘密，但是，正因为这一点，大家上课的表现非常好，一点都不敢分心。

又下课了。

李强急着要去厕所，一下课就跑出教室：“你们不

要急啊，等我马上回来。”等他回到教室，钟海涛正在介绍他是如何知道李强的秘密的。

“他啊，就像一个没有什么本事的小密探，跟踪孙新悦。”钟海涛说，“一下子就被我发现了。”

孙新悦笑着说：“我们是分开走，他不是跟踪。”

“啊呀，小美女，有人跟踪是很好的。”姜珊搂着孙新悦，问钟海涛：“后来呢？”

“后来，我想跟李强后面，却发现杨晨跟着李强。”钟海涛说。

大家看着杨晨，问他是怎么回事，李强赶回来了。

李强把小麻雀的事说了一遍。

小麻雀的秘密，在全班公开了。

晚上放学，大家没有急着走，把门关得死死的，然后围着李强。

“李强，这鸟儿有名字了吗？”姜珊站在后面问。

李强和孙新悦、杨晨互相看看。孙新悦高声说：“还没有取名字呢，我们大家给它取一个吧。”

“小棕，它是棕色的……”

“小天，鸟儿是天空的客人。”

大家七嘴八舌。

“我觉得还是叫‘小麻雀’好。它本来就叫‘小麻雀’。”张天说。

大家想了想，觉得张天的话有道理。

尹露露突然说：“我觉得我们应该告诉徐老师。徐老师是自己人，有秘密不告诉她，她会伤心的。”

大家觉得有道理。

“万一徐老师不让我们养小麻雀怎么办？”李强问尹露露。

“对啊。”大家觉得李强的话有道理，谁也不能保证，徐老师不会把鸟儿送走。

大家没在这个问题上多花时间，因为天不早了，

该回家了。大家赶紧商量，小麻雀晚上跟哪位同学回家。大家商定，一天换一个人家，能带的就带，不能带的坚决不要勉强。

“我带第一天。”欧阳峰说。凡是一切可以争抢的东西，欧阳峰都觉得格外珍贵，所以都要争抢。

第二天轮到钟海涛带小麻雀回家。

第二天，语文课刚结束，徐老师对李强说：“李强，到我办公室来一趟。”

全班的神经都紧绷了起来。

李强战战兢兢地跟着徐老师去办公室，一句话都不敢说。他不是怕徐老师，他是不知道徐老师找他做什么。

“李强，你们是不是养了一只小麻雀啊？”徐老师问道。

“呃……那个，我们……”李强在路上，虽然已经猜到会是这个话题，可还是觉得措手不及，不知道

如何向老师解释。

“你把这件事的来龙去脉说清楚，好吗？”徐老师的语气很温柔，不带丝毫的斥责。

李强深吸了一口气，努力镇定下来，将捡到小麻雀的事情告诉徐老师。

徐老师听完，点了点头，让李强先回教室。

同学们聚了过来，七嘴八舌问开了。

“怎么样？怎么样？发生什么事了？”

“是不是秘密被发现了？”

“徐老师是不是批评你了？她是不是不让我们继续照顾小麻雀了？”

“……”

李强摇摇头。

“就让你回来了？没有说让不让我们继续照顾小麻雀？”钟海涛追问道。他排在第四天照顾小麻雀，眼看明天就轮到自己，秘密却暴露了。

李强点点头，又摇摇头。

又上课了。

徐老师驾到。

徐老师穿着天蓝色连衣裙，衣领是白色的，显得干干净净。这件连衣裙，也是孙新悦帮着设计的。

大家原以为，徐老师一上课就会讲如何处置小麻雀的事情，但她一直没有说。临近下课的时候，她说：“我知道同学们在照顾一只小麻雀。对于这种行为，首先老师予以表扬，因为鸟儿是我们的朋友。”

徐老师的话，让同学们吃了一颗定心丸。

“可是，你们不会照顾小麻雀。而且，带小麻雀来课堂也不合适。”徐老师说。她的话，让同学们刚刚放下的心又悬到嗓子眼。

“我知道同学们不舍得小麻雀。我和同学们有一个约定：我代大家来照顾小麻雀，随时欢迎你们来看望小麻雀。你们愿不愿意？”

“愿意！”同学们一齐喊。

“不，其实我不同意。”钟海涛在心里说。

钟海涛今天就轮到带小麻雀回家，徐老师的一句话，让小麻雀归徐老师照顾了。大家都赞成，他不好反对；他喜欢徐老师，觉得不应该反对徐老师的意见，他也觉得徐老师的话是对的。但他觉得太可惜了。如果他排在十天之后带小麻雀回家，他心里要好受一些，反正隔得远呢。现在的情况是，眼看就可以带回家，但不行了。

熬到下课，钟海涛没出教室，坐在座位上，用小刀切着橡皮。一块橡皮，被一点一点削成了一堆橡皮

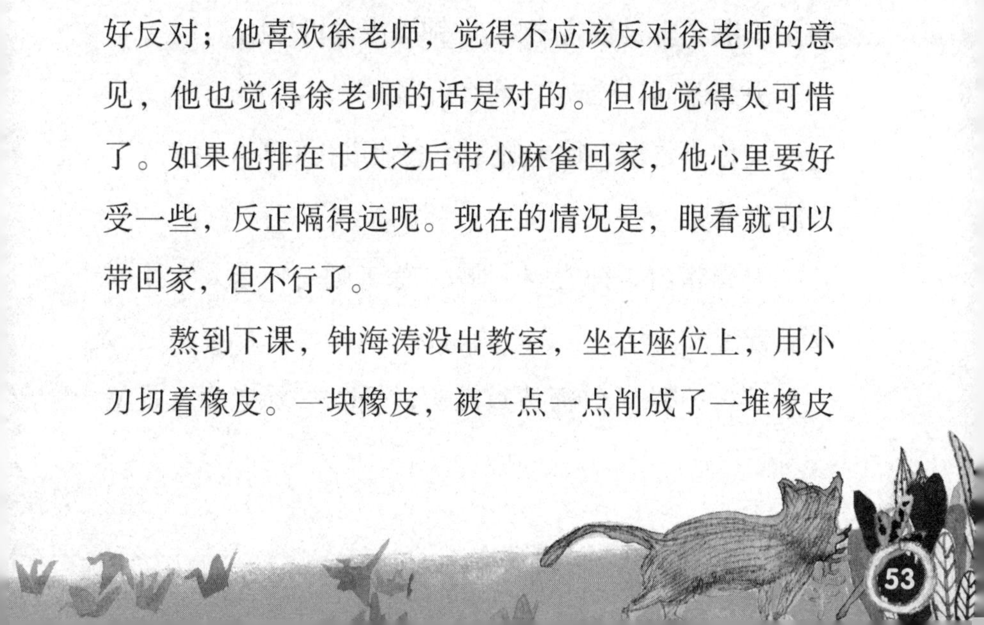

屑。他一边削，一边偷偷地看大家的神色。他要从同学们中间，找出泄露秘密的人。

没人泄露秘密，或者没人告密，徐老师怎么可能这么快就掌握了情况？

尹露露站在窗口。

“哎，是你吗？”钟海涛走过去问尹露露。

尹露露问：“我？我怎么了？”

“是你吧？”钟海涛问。

尹露露说：“我……当然是我了，还能是谁啊？”

“啊？真是你告密的？”钟海涛惊讶地问。

尹露露问：“告密？什么告密？”

“你不告密，徐老师怎么会知道我们养小麻雀？”钟海涛说。

尹露露白了钟海涛一眼：“徐老师是什么人？还要我们告密？”

“……嗯。”钟海涛点点头，“那……徐老师又是怎么知道的呢？”

教室外的走廊上，好多同学在说笑。迟速像过去一样，盯着远处的一棵树。他是高度近视，有空就做眼保健操，或者盯着远处的一个东西。

张天站在迟速旁边，变换着左眼、右眼，看远处的树，还有比树更远的房子。迟速看得很吃力的东西，他却看得很轻松。

“神了！”钟海涛凑到迟速身边，“我一直想不明白，徐老师是怎么发现我们秘密的？真了不起啊！”

“哈哈，你都能发现李强的秘密，徐老师就不能发现你的秘密啊？徐老师是什么人啊？”张天笑着说。

第6章 星期六怎么办

周末了。

傍晚快放学的时候，杨晨问："徐老师还没有来吗？"

四（1）班的同学，都知道杨晨这句话的意思。这几天晚上，小麻雀都是被徐老师带回家，早上再随着徐老师来学校。她为小麻雀准备了一个绿色的鸟笼。鸟笼里有一根横档，还有两个小小的瓷碗，一个装水，一个装食物。每天早上，她一到学校，就把鸟笼交给顾爷爷。

顾爷爷把鸟笼挂在门房的门口。路过门房的老师和同学，只要一侧头，就能看到鸟笼，看到鸟笼里的小麻雀。

小麻雀在鸟笼里，跳到横档上，或者抓住鸟笼把头探到外面。

“小麻雀，我们抓到的。”李强一次次站在鸟笼下，对路过的老师和同学说，“它受伤了，不然是抓不到的。但它会飞起来的，医生说的。”

有同学问：“飞走了，还会回来吗？”

“会……应该会认识我们的。”李强没有把握，转头找杨晨，“杨晨，你说呢？”

“要训练的。”杨晨说。

李强说：“对，一训练就认识了。”

有一些同学带小米给小麻雀吃。还有一些同学，到处抓虫子。他们觉得小麻雀只吃素不行，还要吃点肉。但是，到哪里去抓虫子呢？

有一个同学在家里拍死一只蚊子，第二天早上带到学校，已经干了，一喘气，干蚊子就被吹走了。

周末了，明天和后天休息。小麻雀怎么办呢？放学的铃声响了，其他班级的同学都笑闹着离开学校，四（1）班却异常的平静，谁也没有回家的意思。

每一个同学都在期待。

“尹露露，你去问一下徐老师，我们就这样放学了吗？”李强对尹露露说。

“对啊对啊！尹露露，你去问一下。”大家总觉得徐老师有些事情还没有交代。

尹露露起身去徐老师办公室。徐老师在批作业。尹露露问徐老师是不是可以放学了。

“放啊，没有事啊。”徐老师笑着说。

尹露露也笑着：“那……就这样放啦？”

尹露露径直走向徐老师的办公桌：“老师，同学们让我问一下您，我们就这样放学了吗？”

“嗯。”徐老师点点头，“路上当心。”

尹露露还想问些什么的，可又不知道该问些什么，只得离开徐老师办公室。

“怎么样？怎么样？徐老师说什么了？”尹露露刚回班级，大家就问。

“徐老师没有说什么，只说放学。”尹露露说。

“你直接问徐老师啊。”李强着急地说。

尹露露说：“我打算问的，但后来想，万一星期六、星期天徐老师要带小麻雀参加聚会啊什么的呢？”她问李强，又问杨晨、钟海涛、欧阳峰：“换了你们，有小麻雀了，会不会带它出去逛逛，吹吹牛？”

“哈哈哈哈……”同学们都笑了。逛不敢说，学习时间挺紧张，但吹牛总是会的。

杨晨响亮地说：“那就祝‘秘密’周末愉快！”

周六，李强吃完午饭，对妈妈说要去找张天玩一会。

“你早点儿回来啊。”妈妈说。她对李强出去找好同学玩，总是很相信，也总是很高兴。

“你要多和好同学来往。”妈妈说。

“好的。”李强爽快地答应着。但他没去张天家，而是坐车去找杨晨。

杨晨在家和爸爸妈妈谈话。他们谈的话题是小麻雀。杨晨要带小麻雀回家，爸爸妈妈不同意，说小麻雀是需要爱护，但这个小麻雀来路不明。妈妈担心，万一是一只生病的小麻雀呢？

“它没病，它就是翅膀受伤了。”杨晨说。

妈妈说：“对啊，它飞得好好的，怎么会受伤呢？也许是生病了，没有力气呢？”

“可是，医生说没病，就是外伤。”杨晨说。

爸爸看看妈妈问：“你们去的是什么科？”

“外科。”杨晨说。

妈妈接过爸爸的话说：“外科是看外伤的，内科是看内伤的。涂红药水就是在外科。”

“看内科是要化验的。”妈妈是医生，说这些很权威。

杨晨笑着说："哈哈，爸爸妈妈，你们不知道吧？我带小麻雀回来住过一晚。"

"啊？"爸爸和妈妈互相看看。爸爸忽然想起来，说："那天早晨你起得早，是带小麻雀去学校？"

杨晨得意地点点头。他告诉爸爸妈妈，现在小麻雀在徐老师那里，徐老师说她负责养，同学们可以看。

"那你还要带回家？"妈妈说。

"杨晨！杨晨！"楼下传来李强的声音。

杨晨打开窗子。他看到李强仰着脸、挥着手。杨晨对爸爸妈妈说了一声，"噔噔噔"下楼。李强问他，想不想看小麻雀？杨晨说想啊。

"我们去学校看吧。"李强说。

杨晨问："徐老师把小麻雀放学校了？"

李强说，他想了很久，为什么徐老师没说小麻雀的事情，一定是徐老师加班，忘了周末这件事。

“徐老师以为我们今天上课呢。”杨晨觉得李强的猜想有道理。

李强和杨晨赶紧去学校。

秋天的街道里，时常灌满清凉的风。那些风把地上的落叶卷起来，吹着跑。枯黄的落叶，发出“刷刷”的声音。街道两边的树，夹起一个窄窄的天空。天空是蓝色的，像被水洗过一样。

“看！”李强指着一个围墙说。

树枝斜伸向围墙。围墙上有三只白色的鸽子，一只站着，一只蹲着，一只趴着。在鸽子的上方，有一群鸽子盘旋着飞翔。它们掠过一道弧线，消失在视线里，但又从另一个方向出现了。又有几只白鸽落到围墙上。先前的三只，扑棱棱飞起来。

杨晨和李强想到小麻雀，开心地笑了起来，脚下也轻快了。他们到了学校门口，果然看到鸟笼挂在门

房门口。

小麻雀在鸟笼里跳来跳去，一点不害怕人。它左看看、右看看，仰面朝天看看，还用嘴梳理羽毛。可惜，它的一只翅膀紧贴着身体，一只翅膀松垂着。如果不是受伤，它一定和它的伙伴们飞来飞去、吵吵闹闹。

“啾啾！”小麻雀突然叫了一声。

李强喊着：“啊呀，小麻雀叫了，叫了！再叫一声。”

小麻雀好像能听得懂李强的话，又叫道：“啾啾！”

李强找了一根细树枝，伸进鸟笼。小麻雀一点不害怕，站在细树枝上。

“啪！”细树枝断了。

小麻雀吓了一跳，向上一飞，撞到鸟笼的顶端。它落到横档上，又站到盛水的小碗边沿。它低头喝一口水，抬起头：“啾啾！”这一声像被水浸润过，清脆得很。

顾爷爷从校园里走出来。他看到杨晨和李强，笑着说：“怎么？想小麻雀啦？”

李强说：“是啊。”

顾爷爷告诉杨晨和李强，徐老师今天到学校来参加活动，刚走，把鸟笼留下，让他照顾小麻雀。

“爷爷，你会照顾吗？”李强问。

顾爷爷说，他小时候最喜欢做的一件事，就是掏鸟窝。他说，鸟做窝，但晚上不睡在窝里，而是蹲在旁边的树枝、竹枝上睡。

“我小时候，到处都是麻雀。”顾爷爷挥着手说。他说，麻雀在屋檐下、竹枝上做窝，很容易掏。其他鸟把窝建在很高的地方，不容易够到。

“到处都是麻雀啊？那不吵死啦？”李强兴奋地问。

“哈哈哈哈，麻雀那种吵啊，就和你们的吵一样，不讨厌的。”顾爷爷说。他说，有一年，一对麻雀把窝建在学校门房的空调滴水管里。天暖和了，他开空调，一对麻雀吓得从里面飞出来。他掏滴水管，发现里面有草、塑料泡沫、破布，还有四只小麻雀。

“后来呢？”李强看着门房问。

顾爷爷说，他把小鸟又放回滴水管里。直到四只小麻雀飞走了，他才开空调的。

正说着，张天、迟速、姜珊和尹露露也来了。

“你们怎么来了？”杨晨问。

尹露露说：“来看小麻雀啊。”

第7章 小树林里的生命

绿色的鸟笼，挂在学校门房的门口。每天上学和放学，看一眼鸟笼，就成了大家必须做的事情。看到鸟笼，好像才心安，一天的生活好像才开始，或者才结束。

那只小麻雀，本来是“属于”杨晨和李强的，后来“属于”四（1）班，再后来“属于”大钟亭小学了。

“徐老师厉害啊！”迟速说，“一件‘偷偷摸摸’的事情，不知不觉，就成了一件光明正大的

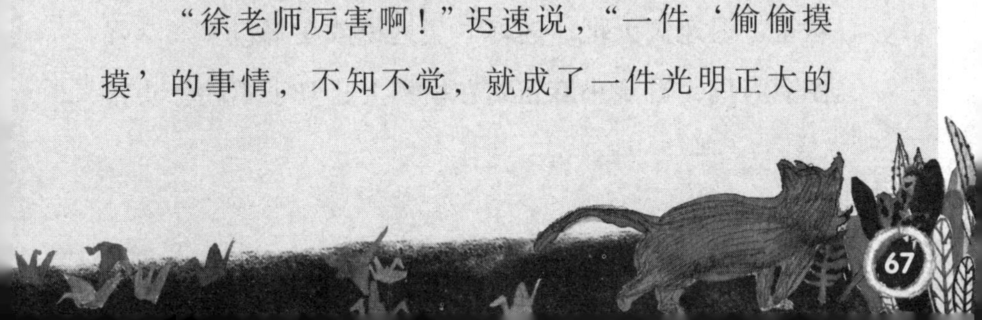

事情。”

“对！一个本来是个别人的快乐，现在成了我们共同的快乐！李强，个！别！人！”姜珊对李强挤眉弄眼。

“我们也不是偷偷摸摸。”李强笑着说，“我们是为了保密。”

尹露露说：“以后可不许对自己人保密啊！”

李强笑着点点头，站在窗口，看着门房。

从四（1）班东边的窗口看出去，能看到学校的门房。门房是平房，带着“人”字形的屋脊，像一本打开的书倒扣着。屋顶斜披下来，形成屋檐。绿色鸟笼，就挂在屋檐下。

李强到迟速的桌下，拿出一个“迷你”望远镜。迟速家有很多望远镜，大大小小的都有。自从有了小麻雀，迟速天天把“迷你”望远镜放在书包里。李强在镜筒里，看到小麻雀站在横档上，身子不动，头扭来转去。然后它飞到鸟笼顶端，倒挂着，头向上勾着，一只翅膀不停地扇动，另一只翅膀垂着。

“这只小麻雀，与顾爷爷说的空调滴水管里的麻雀，有没有关系呢？”李强想着，转身下楼。

杨晨、张天、孙新悦、姜珊看到李强急匆匆下楼，跟了过去。

李强来到门房后面，看看空调的滴水管，又向捡到小麻雀的方向看看。

姜珊问李强：“哎，你在那里神神秘秘地做什么啊？”

“我有重大发现！”李强说。他向大家招招手说：“你们过来，过来！”

大家都围过来。

李强说，现在很难看到麻雀，怎么会突然有一只小麻雀出现在学校附近呢？他联想到顾爷爷说的，曾经有一窝麻雀生在门房空调的滴水管里，他觉得，这

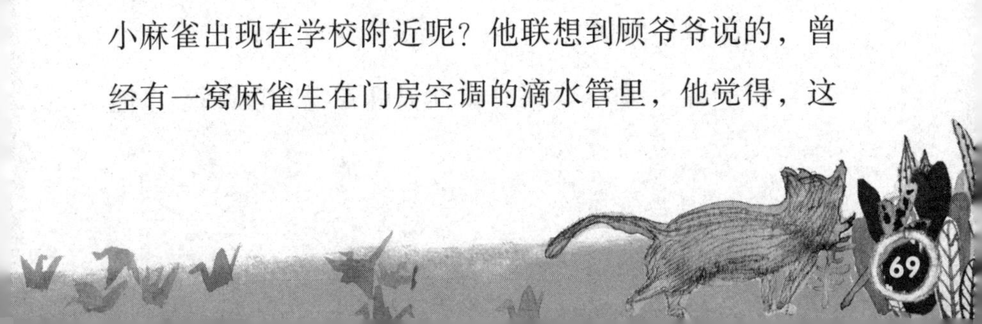

只小麻雀应该是滴水管里麻雀的后代。

“啊？”大家没想到李强竟然有这样的联想。

姜珊连连摆手说：“慢点，李强慢点，你这个想象力有点大啊，我反应不过来。”她仰头算了算，一拍手说：“如果是后代，该是多少代呢？”

“这个……不知道。”杨晨说。

张天说：“如果几年前，就算是四年前吧，两只老麻雀生了四只小麻雀，小麻雀又生小小麻雀，小小麻雀再生小小小麻雀。那么，这个麻雀家庭有多少只麻雀呢？孙新悦，你数学好，你算算。”

“这个……”孙新悦揉揉小鼻子说，“不好算啊。四只小麻雀，有几只母的呢？还有，有的麻雀飞走了，有的麻雀老死了，怎么算呢？”

“如果……二十只会有吧？”张天问。

大家都说应该有。

张天说：“那么，还有十九只麻雀呢？在哪里？”他问李强："李强，你是这个意思吧？"

"对对对。"李强连声说。

"哎，张天、李强，你总不会让我们去找麻雀吧？"姜珊说。

"这么想想很有趣啊。"张天说，"一窝麻雀，就躲在我们身边，可是我们看不到它们。真是神了。"

"怎么躲啊？还不被发现啊？"尹露露说。

李强说："只要麻雀想躲，那就能躲得起来。一窝麻雀在门房空调的滴水管里，顾爷爷发现了吗？没有吧？"

"没有。"大家都摇摇头。

大家觉得，麻雀是聪明的，知道怎么对付人。报纸上不是说吗？有些广场鸽，一点不害怕人，还会飞到人的手掌上、肩膀上、头顶上。但有些鸽子，包括其他鸟，看见人就逃走。这说明什么？说明鸽子啊，

鸟啊，是认识人的，是有记忆的，是有感情的。不仅鸟这样，还有很多动物都是通人性的，像海豚啊，狗啊。

其他麻雀躲在哪里呢？那些躲起来的麻雀，会不会知道少了一个同伴，来看望它、营救它呢？

“说不定啊，它的同伴就躲在什么地方，看着我们呢。”李强说。

大家一惊，抬头四处寻找。校门口没有树，秃秃的。校园里，除了大楼，就是行道树。行道树还没长高，也不茂密，麻雀躲不住的。

“教学楼后面的树林里呢？”孙新悦问，“会不会藏在那里？”

“对啊！”姜珊说。

大家想去教学楼后面的树林，但上课铃响了，只好回教室上课。再下课，就放学了。他们收拾好书包下楼，去教学楼后面。

教学楼后面的树林，在秋风中轻轻摇动，树叶沙沙响。偶尔会有一片叶子，慢慢飘落下来。树叶上面的天空，一块块、一点点，闪闪烁烁。地上除了几片落叶，干干净净。几条不规则的小路，在树丛里穿行。稍微空一点的地方，摆放着石桌石椅。

“哎，有鸟吗？”李强对着树林问。

姜珊拍拍李强说：“哎，小声一点，温柔一点。你这样子，有鸟也被你吓得说不出话来了。”

“哈哈哈哈……”孙新悦说，“不吓，鸟也说不出话的。”

“这个你就不懂了吧？鸟语花香。鸟语！”姜珊说。

孙新悦说：“有鸟语，我们也不懂啊。”

“有人会鸟语的。”杨晨说，“有人能把鸟招来，有人会逗鸟说话的。”

大家点点头，继续抬头寻找。他们能看得清每

一片叶子，因此，他们能肯定，这片树林里不会藏有麻雀。大家有些失望，但是又很高兴。他们为麻雀高兴。如果麻雀躲在很好找的地方，那不是很危险吗？

“啪啦啦……”突然，一个小黑点从一丛杂草里飞起，从大家眼前飞过，落在不远处的树下。这个小黑点在飞的过程中，发出微弱的声音。

“蛐蛐！”张天喊。

“不对，”杨晨说，“是小蚂蚱。”

大家冲过去，蹲在树下。树下除了几棵半黄半青的小草，什么也没有。

“没看错吧？”杨晨有些怀疑自己的眼睛。

孙新悦说：“没啊，我们都看见啦。”

离树不远的地方，有一大块草丛。小蚂蚱也许跑进这块草丛了。大家惊喜地围着草丛，仔细看着。他们没看到小蚂蚱，但看到了蚂蚁，看到了叫不出名字的小昆虫。

“看！”张天指着冬青树的一片叶子说。

“啊！”大家看到了，在那片冬青树叶子的背面，有一个黄褐色的知了壳。

大家站起来，发现自己站在一棵白杨树下。白

杨树高大挺拔，淡灰色树身上，有好多眼睛一样的纹路。

大家互相看看。他们没想到，在这块不起眼的小树林里，有这么多小小的生命。这些小生命无声无息、无忧无虑地生活着。那么，如果这里是原始森林呢?

“嘘——”杨晨做着手势，要大家向后退。走到学校门口，他对大家说:“我们千万不要去打扰它们。一打扰，它们就会搬家。”

“对！不打扰，它们会越来越多。”孙新悦说。

天色不早了，大家出校门回家。顾爷爷正把鸟笼取下来，放在一张凳子上。他们围着鸟笼。小麻雀在鸟笼里，歪竖着小脑袋看大家。他们注意到，那只受伤的翅膀耷拉着。

“啾啾！”小麻雀叫道。

李强尖起嘴，学小麻雀:“去去！”

“一点都不像！”张天也把嘴尖起来，“舅舅！”

姜珊对大家做着鬼脸，又对张天说：“真像啊。张天，你再学一遍，你再学一遍。”

“舅舅！”张天的嘴唇向前突出，像一个小烧卖。

“哈哈哈哈……”大家笑了起来。

李强笑弯了腰：“哈哈哈哈，别吓我了，还‘舅舅’呢。”

杨晨笑着打开鸟笼，满把握住小麻雀，把它拿出来。他从下面抓住小麻雀的爪子，让小麻雀坐在他的虎口上。他掀开小麻雀那只受伤的翅膀，看了看，然后告诉大家说，小麻雀的伤口没有发炎。

第8章 欧阳峰要转学

天气阴沉沉的。明明是早晨，却像是傍晚。

风躲在墙角，或者躲在树的背后，趁人不注意，突然冲出来，在人们的脸上、脖子上、膀子上刮一下，然后又躲起来。

人在户外，没走几步，就得夹紧身体，皮肤上一阵阵地起鸡皮疙瘩。

这样的天气，总是让人的心情好不起来。

欧阳峰的心情很不好。

欧阳峰低着头走路，走得很没有意思。他的眼睛到处乱看，希望能像杨晨和李强那样，能遇到一只小麻雀。哪怕遇到的不是麻雀，是一只鸡，是一条狗，是一只猫，都行。

路上只有行人。大家裹紧衣服，走得急急匆匆。

路上还有自行车和汽车。自行车响着铃铛，绕来绕去，在人群里找到一条向前的道路。汽车开得很小心，用短促的喇叭声催促前面的人，好像在说“让！让！”

“让！让！”

欧阳峰不停地让，让得心烦意乱。他干脆贴着墙根走。走到车站，一辆公共汽车正好到了。没人下车，很多人要上车。车内很满了，人都挤到车门口了，但车下的人还是一个接着一个挤了上去。

“让让，让让！”车下的人喊着。

欧阳峰排在最后一个。等大家都挤进去了，他抱

着书包，弯着腰先把头顶进车里，再慢慢直起腰，提起一条腿蹬上踏板，然后把重心都压到这条腿上，跟着把那一条腿拎进车门。

“乓——”车门艰难地在欧阳峰背后关上了。

无论多少人，都能挤进公共汽车的。即使已经人紧贴人，下一站有要上车的人，还是能挤上来。

欧阳峰从家到大钟亭小学，要转两次车。爸爸在市政府上班，要用公车带他，他不肯，坚决要自己走。

车上人很多，挤得密不透风。欧阳峰抱着书包，双脚离地。他几乎是被夹着到站的。

车到大钟亭小学不远的地方，车门“乓”地开了。

欧阳峰跳向车外，然后闪在一边。他有经验的。如果他一步一步下来，后面的人万一收不住脚，会扑到他身上。所以，他一步跳出来，赶紧闪到旁边。后面的人也有经验，跳出来，闪向另一边。

“老欧阳！”李强喊欧阳峰。他刚才遇到杨晨，现在看到了欧阳峰。

欧阳峰侧过头说：“啊，你们啊！”

李强捂着口袋跑过来说：“我告诉你啊，我有好东西。”

“啊？又有小鸟了？”欧阳峰看着李强的口袋。

“不是。”李强掏出一个信封说，“是小虫子。”

“哪来的小虫子啊？”欧阳峰问。

李强说：“是我妈搞到的。我妈那里有个阿姨，家是农村的，带了不少菜来。这个虫子就是菜叶上的。”

“啊呀，是绿色食品啊！”欧阳峰高兴地说。

李强笑着说：“那当然。我妈说，农村的虫子也少了，都被农药打死了。”

“所以鸟就少了。”杨晨说。

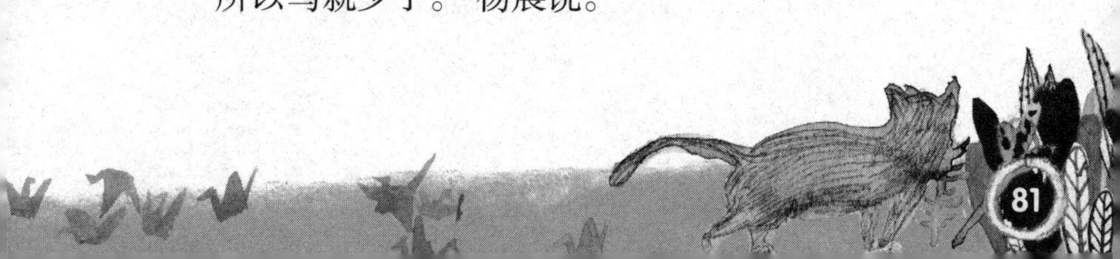

“你打开看看，是什么虫子。”欧阳峰兴致勃勃地说。

李强把信封放进口袋说：“不行，不能打开。”

“为什么？”欧阳峰问，“会飞啊？”

李强红着脸：“这个……这个……”

“李强怕虫子。”杨晨说。

李强对杨晨说：“你不怕啊？”

杨晨不说话。

李强拿出信封，对欧阳峰说：“那你打开。”

“不不不！”欧阳峰退后几步，“还是……还是给顾爷爷打开吧。”

到学校门口，天上下起了小雨。

孟可文、尹露露，还有张天和迟速，也到学校门口了。他们看到，绿色鸟笼挂在屋檐下。

门房的门关着，窗子开着。

“顾爷爷！”李强从窗口探进头。

顾爷爷鼻子上架着眼镜，正在分发报纸。他低着头，目光从镜框上面翻过来：“李强啊，怎么啦？”

李强把信封放到窗里的桌上：“虫子，给小麻雀吃的。”

顾爷爷打开门，走出来：“好啊，我先去送一下报纸，一会儿回来喂小麻雀。”

走进教室，李强喊道：“告诉大家啊，小麻雀今天有肉吃了。”

“什么？”钟海涛问，“你要吃麻雀肉？”

欧阳峰说：“你看看你耳朵听哪里去了，是麻雀有肉吃了，不是吃麻雀肉。”

“我以为……嘿嘿……一听到肉我就敏感。”钟海涛咽着口水说。

欧阳峰和钟海涛两人是同桌。欧阳峰脸上胖，身上瘦；钟海涛脸上不怎么胖，身上肉很多。

钟海涛喜欢吃肉，家里严格控制他，一星期只能

吃一次肉。他妈妈还请欧阳峰监督。

“给你。”欧阳峰从书包里拿出一个饭盒。

钟海涛看看，嘟着嘴说：“不要。”

“快点啊。”欧阳峰把饭盒放进钟海涛的抽屉。

钟海涛为难地说：“你这是考验我吗？你是监督，还给我肉吃？”

“不是不是，我以后也不可能给你带肉了。”欧阳峰眼圈一红，低下头。

“怎么了？”钟海涛赶紧说，“我要还不行吗？”

上课的铃声响了。

欧阳峰的脸是阴沉的。钟海涛看出来了，大家都看出来了。大家想问，又不敢，而且课间时间很短，也不方便问。

“怎么了？”中午放学了，钟海涛问欧阳峰。

欧阳峰说：“没什么啊。”

“你看看你那张胖脸，一点笑容也没有。”姜珊说。

“哇……”欧阳峰突然大哭起来。

班上要放学的同学听到哭声，都回过头，围住欧阳峰。其他班级从窗口路过的同学，听到教室里有人哭，也进来了。

“散啦，散啦。”李强一边对大家说，一边看着尹露露。

欧阳峰身边的人，把围观的人向外推：“哈哈，没什么没什么，做个游戏。”

“噢——”不少人疑惑着，向外走。

等窗外没人了，钟海涛又问欧阳峰怎么了。迟速他们也关心地看着欧阳峰。

欧阳峰的胖脸抽动着：“我爸妈要我转学，转到仙鹤门小学。”

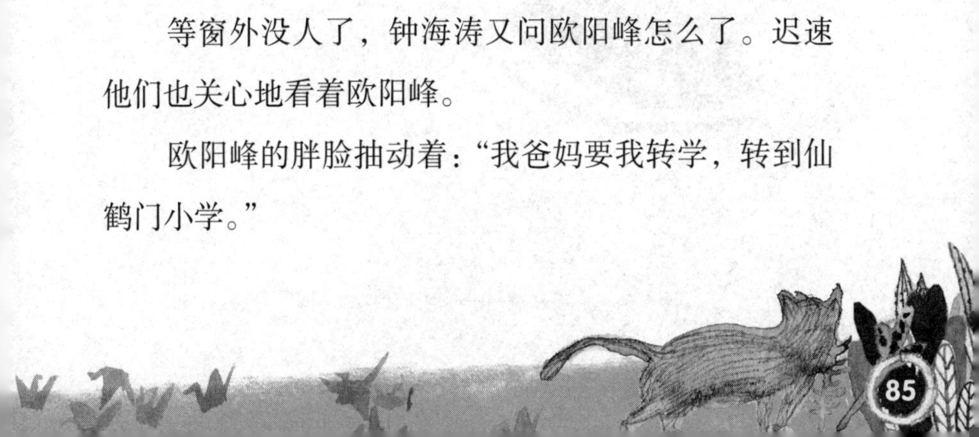

欧阳峰家原来住在大钟亭小学学区，后来家搬到仙鹤门小区，离学校就远了。他家刚搬走的时候，爸爸妈妈要给他转学，他不肯，说舍不得徐老师和同学们。

“你爸妈不是答应你不转学吗？”尹露露问。

欧阳峰又要哭，但憋住嘴，把哭控制住。他说，爸爸妈妈昨天晚上告诉他，仙鹤门小学同意接受了。

爸爸说："转学不容易啊。人家教室里座位都安排好了，硬是要插进一个。插进一个，就要多一张桌子。好学校本来就很挤的。"

"啊？为什么要转学啊？"欧阳峰问爸爸。爸爸不说话，他又问妈妈："妈妈，不是说好的吗？我不怕早起，不怕挤车。"

"实在是太远了。"爸爸说，"你每天花在路上的时间就有三个小时。"

"我不怕，我愿意。"欧阳峰说。

妈妈轻声轻气说："你不要急，你好好想想。仙鹤门小学就在小区对面，而且学校和大钟亭小学一样好。"

欧阳峰最怕妈妈轻声轻气说话。她只要用这样的语气说话，就说明她拿定主意了，改是不可

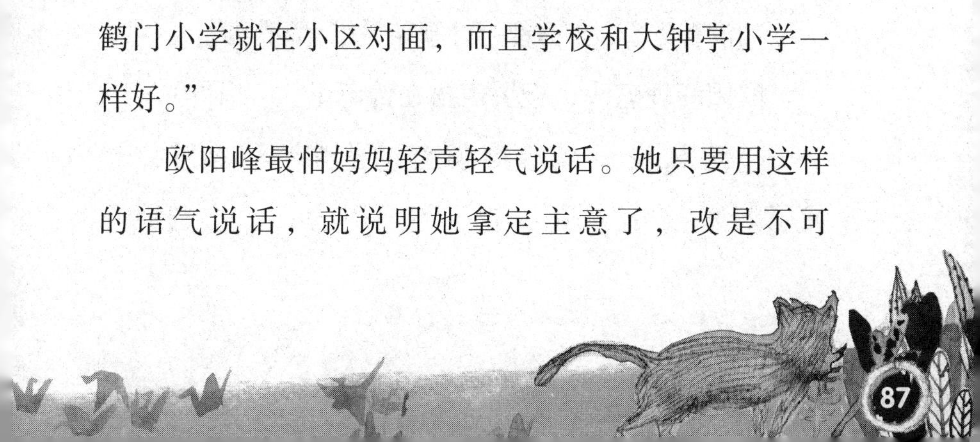

能的。

欧阳峰伤心了一个晚上。

张天皱着眉头想了一会儿，眼睛一亮：“啊！你爸爸妈妈受刺激了！”

欧阳峰问：“刺激？什么刺激？”

“因为养小麻雀！”李强抢着说。

尹露露说：“对啊！你上学路上要花很多时间，你再分心，会影响成绩的。”

“啊？”欧阳峰急得眼睛眯成一条缝，“他们怎么能这样呢？”

姜珊气呼呼地说：“你家老爸不是市领导吗？没有爱心啊？”

“没有爱心，怎么能当好领导呢？”孟可文说。

欧阳峰埋着头，把哭声捂在臂弯里。

“这么说，是小麻雀惹的祸啦？”李强突然哭了起来，“我、我、我可不想因为我，让老欧阳转学。”

孙新悦拉着李强说：“不是因为你，是因为小麻雀。”

“我就是小麻雀——”李强说，“噢不，小麻雀是我捡来的。”

“哈哈哈哈……”大家笑了。

欧阳峰忍不住，也跟着笑了起来。

第9章 梦做了一半

雨下大了。雨点打在玻璃上，炸裂开来，发出“啪啪啪”的响声。靠走廊的那一面背风，飘不进来，但透过窗户，能看到雨点直直地落下来。

“和你没关系的。”杨晨摇着李强的肩膀。

张天抱歉地拍着脑门说：“都怪我！我那是瞎猜的。欧阳峰转学，和一只小麻雀有关系，这也太搞笑了吧？”

“对啊。欧阳峰肯定是因为他家离大钟亭小学远才转学的。他家我们不是去过吗？他家离仙鹤门小学多近啊！下楼，出小区，过马路，到了！”孙新悦的手指在桌上点着。

李强擦着眼泪说：“可是，你们敢说，和小麻雀一点点关系都没有吗？”

“我敢！”张天说。

李强说：“你不是欧阳峰的爸爸妈妈，你怎么敢肯定和小麻雀一点点关系都没有？”

“对啊，你不是欧阳峰的爸爸妈妈，你怎么敢肯定和小麻雀有一点点关系？”杨晨说。

“你，你又不是大人，”李强说，“你怎么知道我们大人的心思？”

“咦？你是大人啊？”姜珊问。

李强红着脸说：“我不是。我是想说，我们又不是大人，怎么知道大人的心思？”

“哈哈！大人的心思，就是怎么把我们的成绩搞上去！”姜珊晃着辫子说，“他们那点小小的心思，我们

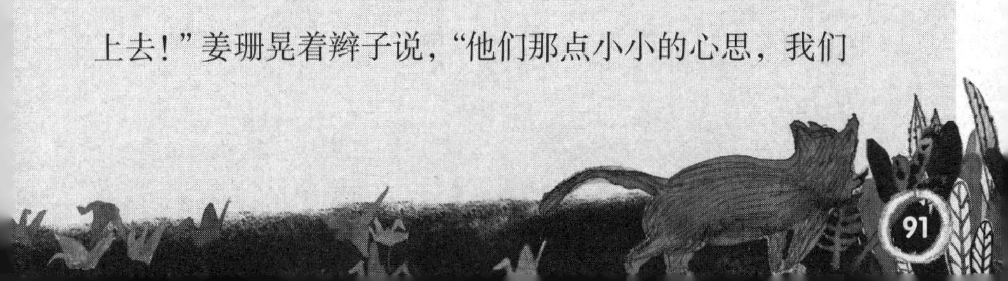

谁不知道？”

“哈哈哈哈……”大家笑得很开心。

李强说：“那……欧阳峰转学，你们不会怪我吧？”

“怪你什么啊？你以为你真是小麻雀啊？”姜珊说。

说到小麻雀，大家走到窗边。雨帘挡住了视线，他们看不到门房。

杨晨说，麻雀也是怕下雨的。雨下大了，打湿了羽毛，翅膀就扇不动，驮不起身体。所以，像麻雀这样的小鸟，下雨天都是躲在避雨的地方。

“这时候就是猫的时间了。”杨晨说。他说，猫总是利用这个机会，悄悄地接近麻雀，然后一个直扑。麻雀还在昏睡中，就容易被猫咬住。

孙新悦的手绞着衣角：“多可怜啊！麻雀不跑啊？”

“猫离麻雀太近了。麻雀没来得及扇动翅膀，猫就直扑过来了。”杨晨说，“即使有的麻雀连滚带爬，也逃不过猫的直扑。”

姜珊说：“对麻雀来说，猫就是老虎了。我们谁能逃得过饿虎扑食？”

“逃不掉的。”李强说，“我都逃不脱爸爸妈妈的手心。不过最近挨打少了。”他突然笑了，好像明白了什么道理：“是小麻雀激励了我！”

“我的妈妈啊！你让我浑身起鸡皮疙瘩啊！”张天摸着手臂上的皮肤说。

李强推了张天一把，说：“我这几天总在想，我要和小麻雀玩，就得抓紧时间学习、做作业。如果我只顾玩，又不认真听课、做作业，那就完了。所以，我要感谢小麻雀！”

大家都相信李强的话。他最近几次考试不错，大家都看见了。

雨小了。

同学们不再等待，打着伞或者顶着书包，走出校门。他们路过门房的时候，偏过头去看，没看见屋檐下的绿色鸟笼。鸟笼一定是被顾爷爷挂到门里了。他们顾不上到门房里看小麻雀，天色不早了，要赶紧回家。

李强回到家的时候，爸爸妈妈已经在家了。

“回来啦？”爸爸半躺在旧沙发上，看到李强回来，赶紧坐端正了。

妈妈笑着接过李强的书包：“淋到雨了吧？快去洗个澡。”

“噢。”李强到卫生间，打开水龙头，让热水冲刷下来。热水浇灌的感觉真好，冲得全身麻酥酥的。

“妈妈，短裤！”李强擦干身上的水，头伸出去说。

妈妈在厨房大声说：“这孩子，总是记不得带衣服进去。”

“给！”爸爸递给李强一条干净短裤。

李强穿好裤子，坐在沙发上擦着头发。他告诉爸爸说，欧阳峰要转学了。

爸爸捶着腰说：“欧阳峰不转学才怪呢。”

“为什么这么认为啊？”李强问。

爸爸说：“仙鹤门小学就在仙鹤门小区门口，多近啊！”

“……”

妈妈换个话题问：“小麻雀怎么样啦？吃小虫子没？”

“在鸟笼里呢，挂在顾爷爷的门房里。”李强笑着说，“小麻雀可喜欢吃小虫子了，一口一条，一口一条。”

爸爸进厨房，把妈妈做的饭菜端到桌上。晚上吃面条。妈妈下了一大盆西红柿鸡蛋面，还做了洋葱炒

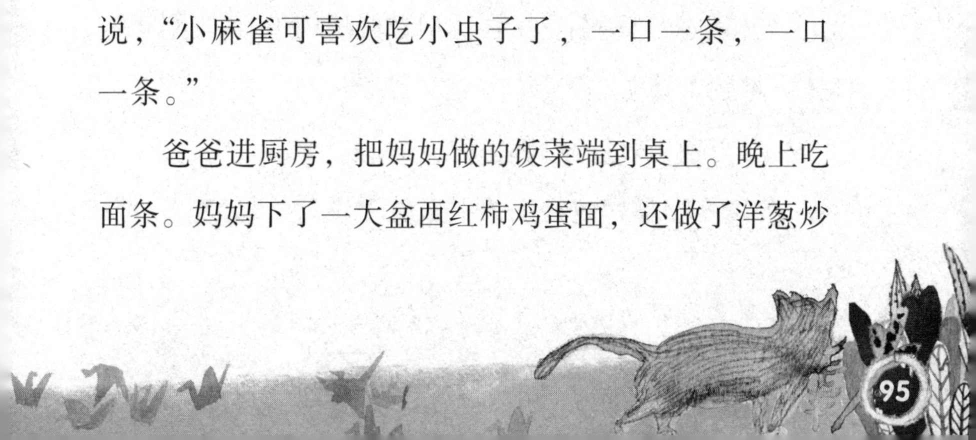

肉丝、红烧鲳鱼。

“这么多好吃的啊！”李强很响地咽着口水。

妈妈看着爸爸说：“你爸看你最近进步不小，说要给你加强营养。”

李强“嘿嘿”地笑着。他想，爸爸妈妈肯定不知道，他进步是因为有了小麻雀。

李强吃过晚饭，开始写作业。他进步了，作业就不难，他做得很顺利。有一道数学题，看上去像三年级的题目一样很容易。如果在平时，他肯定会上当的，但他现在学聪明了。四年级的题目，不可能这么容易的。他盯着题目，终于看出来了，题目有点绕。看出来就好办了，他做出来了。

“爸爸！妈妈！”李强猛地拉开房门说，“我刚才把一道难题干掉了！”

“好啊。”爸爸拍着腿说。

“好呢。”妈妈在围裙上擦着手说。

李强又回房间，想继续做难题，但今天的数学题目做完了。他很惋惜地叹了一口气。

李强躺到床上，让小麻雀飞过来。他闭上眼睛，那只小麻雀就站到他的眼皮上了。他一睁眼，小麻雀“腾”地跃起，扇动翅膀，悬在半空。

“你的翅膀好啦？”李强问。

小麻雀用那只受伤的翅膀抚摸李强：“好了。”

“那你以后打算怎么办？”李强问。

“我？”小麻雀扇动翅膀说，“飞啊。”

李强说：“我要是能飞就好了。”

“你能啊。”小麻雀说。

李强醒了，梦做了一半。

下了一夜雨。雨后的早晨，天空像被洗过一样，没有一丝云彩。一阵秋雨一阵凉。凉爽的空气格外新鲜，让人忍不住要多吸几口。

李强冲进教室，高声说：“大新闻！大新闻！我怕

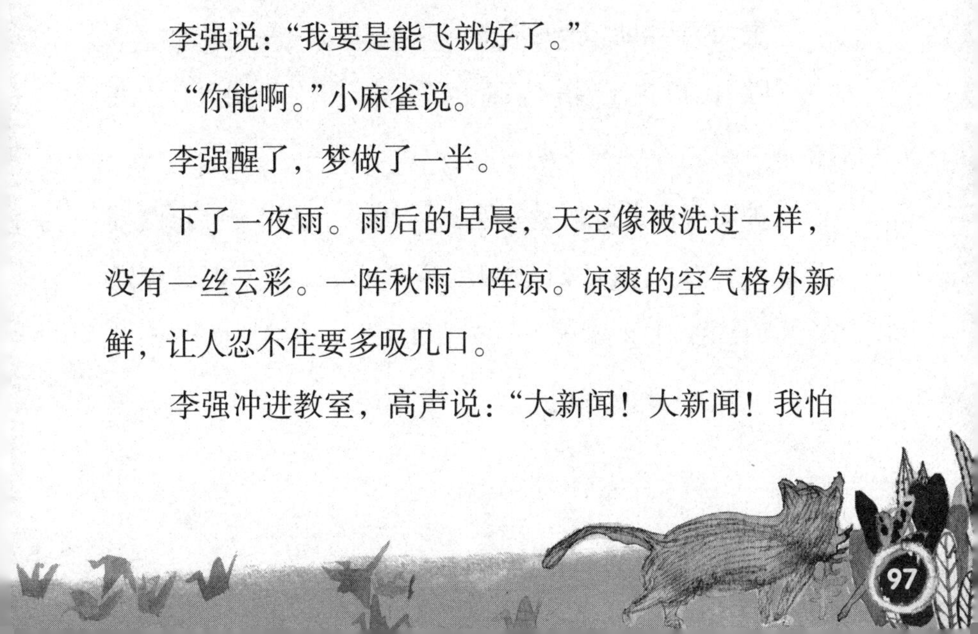

昨晚——”他想把晚上做的梦告诉大家，但感觉到班上的气氛好像不对，吐吐舌头，坐到孙新悦旁边。

“我昨晚做了一个梦……”李强小声说。

孙新悦看看李强，没接话，从书包里拿出练习本。练习本很漂亮，这是她上三年级的时候买的，一直不舍得用。现在，她把它悄悄地放进欧阳峰的抽屉。她发现，抽屉里已经有不少东西了。

“欧阳峰来了！”不知谁喊了一句。欧阳峰慢慢地踱进教室，放下书包往抽屉里塞，却塞不进去。

里面满满的，都是礼物。

欧阳峰慌忙捂住嘴巴和鼻子，不让自己哭出来。

钟海涛也走进教室。他放下书包，拿出一堆东西铺在桌上。他慷慨地对欧阳峰说道：“这都是我最喜欢的。你喜欢什么就拿走，不用拿什么和我交换。”

“噢。”欧阳峰说。

早读课铃声响了。

“徐老师驾到！”李强突然说。

果然，尹露露和徐老师一起走进教室。

“同学们安静一下，老师有事情要说。”尹露露高声说。

大家安静了。

徐老师今天穿的是白衬衫、黑裤子，显得很利索。她捋捋头发说：“欧阳峰同学要转学了，大家都知道了吧？”

大家点点头。

徐老师笑着说：“好像很伤心啊？”

“嗯！”李强用劲点头。

徐老师走到张天身边，问大家：“张天同学，你是怎么来大钟亭小学四（1）班的呢？”

“转——”张天说。他说了一个字，明白徐老师的意思，改口说：“转学很——很正常嘛。”

“对啊。同学们再想想，你们又是怎么到大钟亭小学的呢？”徐老师问。

李强一边举手一边站起来说：“从幼儿园升上来的。”

“你们不是在同一个幼儿园吧？”徐老师问大家。

“不是。”大家都摇头。

徐老师说：“对啊。我们啊，就是长大、组合，长大、组合。两年后，同学们升初中，又要有新的学校和班级啊。”

“哦——”大家明白徐老师的意思了。

第10章 最好的礼物

尹露露是班长，对班上的情况，应当都要了解和关心。欧阳峰要转学了，大家心里难过。她也难过，但她是班长，有责任要让同学们的心情好起来。

怎么才能让大家心情好起来呢？尹露露想不到好办法，就去找徐老师。

徐老师笑着说："露露是班长，班长自己想办法啊。"

"我想不出办法。我自己都很难过。我想劝大家的，可是我不能开口。"尹露露不好意思地说，"我怕

一开口，就会哭起来。”

“我也会哭的。”徐老师把手放在尹露露肩上，轻声说。

徐老师跟尹露露到班上，和同学们说话。她几个问题，就把大家说通了。

“徐老师真能干。”尹露露想。

徐老师用目光鼓励尹露露，意思是要她也说说。

“这……”尹露露咳了一声，“我想……我们能不能和欧阳峰联系，两个四（1）班‘手拉手’呢？”她说完，赶紧看着徐老师。

徐老师给尹露露鼓掌，然后面向大家鼓掌。

大家跟着徐老师鼓掌。

“哈哈，我们任命欧阳峰是‘大钟亭小学四（1）班到仙鹤门小学四（1）班的卧底’。”李强说。

张天对欧阳峰说："哎，加强联系啊！"

"欧阳峰，我们就商量好，在我们中间的一个地方接头。"杨晨说。

欧阳峰被大家鼓动着，恨不得马上就去仙鹤门小学。他站起来，结结巴巴地说："我、我、我一定、身

在曹营、心、心在汉，绝对不会叛变！”

“哈哈，欧阳峰，这可不好、这可不好。”徐老师笑得眼泪都流出来了。

早读课，就这样过去了。

尹露露及时请来了徐老师，班上的伤心气氛，像被风吹过一样消失了。大家现在最想知道的是，欧阳峰什么时候去仙鹤门小学。

“什么时候走啊？”孟可文说，“我们班对你们班啊！”

姜珊说：“哎，你什么时候出塞啊？”

“出塞？”李强问，“出什么塞？”

“昭君出塞！”杨晨笑着说。

李强说：“哈哈，我们又没有和仙鹤门小学打仗。”

钟海涛有一点不开心：“不知道我今后的同桌会是谁呢？”

“我也不知道仙鹤门小学的同桌是谁呢。”欧阳峰说。

“管他是谁呢。”张天说，“只要不是女的就行。”

“女的怎么啦？孙新悦不是女的啊？我不是和她坐一起吗？”李强指着张天说。

张天脸一红：“我的意思是，意思是，如果和一个脾气不好的女的坐一起……”

“那我的脾气好不好？”姜珊问。

张天连忙说：“好！好！”

“好个鬼！”孟可文笑趴在桌上。

姜珊不生气，也笑着说：“说好不好，说坏不坏，对吧？”

迟速做着眼保健操。只要有时间，他就做眼保健操。他戴上眼镜说：“仙鹤门小学有小麻雀吗？”

大家不知道迟速的话是什么意思。

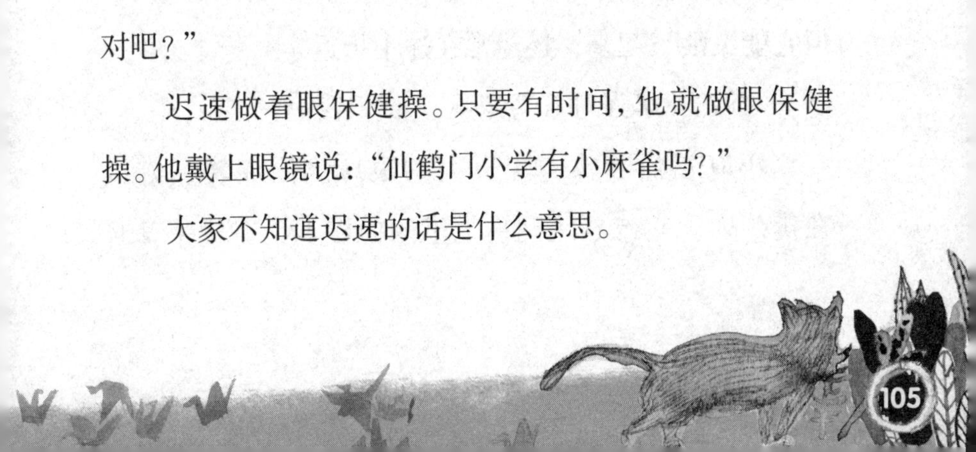

“要不我们把小麻雀借给欧阳峰，”迟速说，“算是欧阳峰的见面礼？”

“啊！对啊！”尹露露说。

欧阳峰跨过座位，握着迟速的手说：“谢谢，谢谢啊！元帅就是和一般人不同。我保证不让小麻雀丢一根毛！”

大家认为迟速的提议很好。

放学的时候，杨晨和李强把绿色鸟笼提到班里。

小麻雀比前几天有精神，羽毛裹得紧紧的，受伤的那只翅膀能提上去了。它从鸟笼的这一边飞到那一边，从鸟笼的底部飞到鸟笼上部。鸟笼的空间不大，但它能灵活飞起来，还经常在途中折返。

“哎！”李强对着鸟笼喊，“认识我吗？”

小麻雀侧着头，黑豆大的眼珠滴溜溜转，好像在辨认人。它忽然跳到鸟笼里的横档上，一边平衡身子，一边说："啾啾！啾啾！"

"看到了吧？它认识我。"李强骄傲地说，"它要和我对话呢。"

"它姓李吗？"姜珊问。

李强说："反正不姓姜。"

"一只小小的麻雀，还想姓姜？"姜珊说，"一只大天鹅姓姜，还马马虎虎。"

"姜鹅，"孟可文笑着问，"还是姜雀？"

"哈哈哈哈……"大家笑了。

"都不好听。"姜珊说。

李强说："这要怪你姓姜。你姓姜了，什么好听呢？你看我们姓李的，李鹅、李雀，不错吧？"

"啾啾！"小麻雀又叫了一声。

"我做了一个梦。"李强说。他说，在梦里，小麻雀教他学飞行。小麻雀说，你两手做飞的动作，做的时间长了，手就成了翅膀。

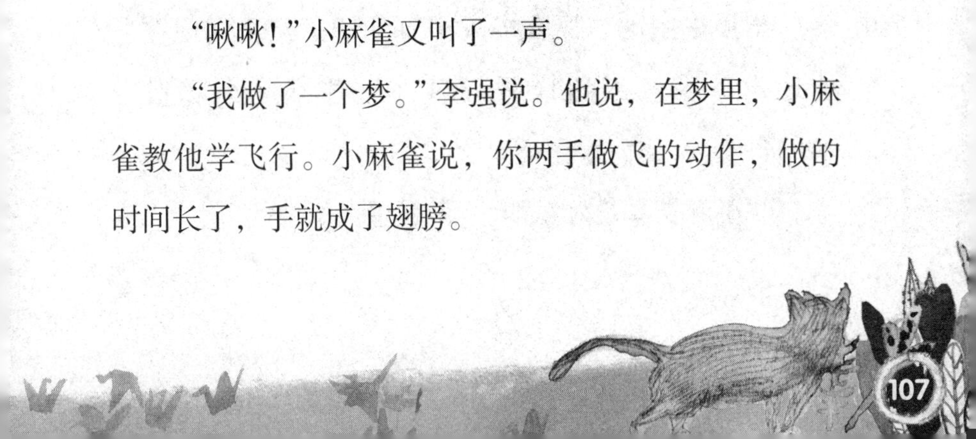

“像这样——”李强弯起腰，两臂平举，嘴里发出“呜——”的声音。

“飞机啊？”张天问。他也学着李强的样子。

其他几个同学，也弯腰、平举手。

李强来劲了，带头“飞”在最前面，其他同学跟在后面。他们在课桌间绕着“飞”，又“飞”到走廊里。他们“飞”到走廊那头，再“飞”回来。

“呜——”大家都尖着嘴。

其他班级的同学见了，觉得好玩，也跟着“飞”。“飞”的人越来越多。

大家玩够了，瘫坐在地上。钟海涛干脆躺在地上，挺起的肚子一起一伏。

李强很激动，那么多人跟着他跑。从小到现在，他还没有像最近这样开心过。这些都是小麻雀带来的。

“小麻雀真是好东西。”李强想。

放学了，杨晨捧着绿色鸟笼，和大家一起下楼。

欧阳峰追着问：“小麻雀今天给我带回家吗？”

“今天不行。”杨晨说，“小麻雀是等你转学的时候带去的，你还没走呢。”

“就算你们没我这个人了，好不好？让我带回去。”欧阳峰说。

“就算？怎么就算呢？”姜珊说，“你明明在啊，一个大活人。”

欧阳峰赶紧回家，他要催爸爸妈妈给他转学。如果转学成功，小麻雀就可以成功地到仙鹤门去。

“仙鹤门，飞来了一只小麻雀，鹤和麻雀都是鸟。”欧阳峰想。

欧阳峰在仙鹤门车站下车。他没有直接回家，而是跑到马路对面，看仙鹤门小学校园。仙鹤门小学分两个部门，前面一部分是新建筑，后面一部分是老

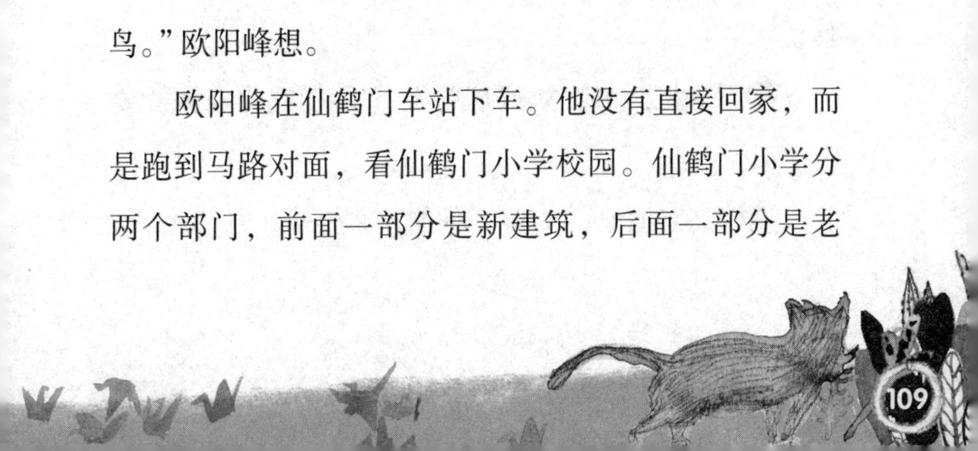

建筑。

“百年老校，有新发展。”爸爸曾经这样说。

欧阳峰上楼，开门。妈妈刚回来，爸爸还没到家。欧阳峰问妈妈什么时候办手续。妈妈问什么手续，他说是转学手续。

“同意转学啦？”妈妈笑着，坐到欧阳峰身边，“哎，告诉妈妈，你是怎么想通的？”

“我……我又没有翅膀。”欧阳峰说。

妈妈奇怪地问：“翅膀？你要翅膀做什么？”

“有翅膀我就不转学，每天上学就不要挤车、跑路，就是飞向大钟亭小学了。”欧阳峰说。

“你现在没有翅膀啊。”妈妈抱着欧阳峰的胳膊说。

欧阳峰把头靠在妈妈肩膀上：“所以欧阳峰同学要转学啊。”

妈妈高兴地说：“好啊，你能这么想就好啊。”

妈妈告诉欧阳峰，手续在办了。妈妈说他是跨区转学，要费点事，但困难摆在这里，两个区都同意了。

“一转学，我就可以把小麻雀带到仙鹤门小学了。”欧阳峰说。

妈妈端起水杯：“什么？带什么？”

“小麻雀啊。”欧阳峰说，“这是大钟亭小学给我的见面礼，让我带到仙鹤门小学玩几天。”

“小麻雀？”妈妈问，“哪里来的麻雀？”

欧阳峰说：“就是上次我带回来的小麻雀啊，妈妈忘记啦？”

“啊？上次的小麻雀还在啊？”妈妈问。

欧阳峰点点头。

“你们没把它放掉啊？”妈妈问。

欧阳峰说：“没有啊，还有一点伤呢。”

妈妈放下水杯，看着欧阳峰：“你要把小麻雀带到

仙鹤门小学去？”

欧阳峰点点头。转学到仙鹤门小学，要有新的老师和同学，他要给他们带去一个礼物。这个礼物是他的，也是大钟亭小学四（1）班的。最好的礼物就是小麻雀了，他们一定没有见过。有同学见过养在鸟笼里的画眉、鹦鹉，但有多少同学见过麻雀呢？麻雀是普通的鸟，不会有人养在鸟笼里的。

第11章 小麻雀失踪了

绿色鸟笼挂在学校门房的屋檐下，已经好几天了。

大家刚开始看到鸟笼，看到小麻雀，多么兴奋啊！就像家里有了一个自己喜欢的玩具，或者来了一位自己喜欢的客人。大家恨不得时时刻刻看到它。课间的时间很短，大家也要从走廊里、窗户里看看门房的屋檐。好像看到它了，心里才踏实。

现在的情况有一些变化。

大家的新鲜感，不再像刚开始那样强烈。大家对

这一切，已经习以为常，好像屋檐下就应该挂一个绿色鸟笼，好像生活中就应该有一只小麻雀。

万一，哪一天鸟笼突然没了，或者小麻雀不见了，大家会不习惯的。

杨晨进校门的时候，习惯地侧脸看着门房。他看了一下，就转过头。刚转过头又反应过来，好像没有看见鸟笼。

杨晨再一次侧头看着门房，那里果然空空的。他没有在意，以为鸟笼还在门房里，没有挂出来。他今天早上不准备看小麻雀，所以没有转身去门房看个究竟。

杨晨要早一点到班里，和迟速商量事情。

迟速已经在班里了。

“鸟笼挂出来没有啊？”迟速问。

杨晨说：“还没有呢。”

“今天顾爷爷可能起床起迟了。”迟速笑着说。

杨晨也笑着说：“哈哈，小麻雀的叫声，正好能让顾爷爷多睡一会儿。”

迟速要和杨晨商量秋游的事情。他昨天和尹露露商量，尹露露说她没有主意。

“我听你们的。”尹露露说，“做什么都行。”

“做什么呢？”杨晨问。

迟速说，他想了一个晚上，想到一个主意：到郊外去放飞小麻雀。

“好！”杨晨抱着迟速说，“太好了！”但他马上把迟速放下来：“放？”

“对啊！”迟速说。

杨晨问：“为什么……放飞呢？好不容易有一只小麻雀。”

“为小麻雀养伤，不就是为了放飞吗？”迟速说。

杨晨坐到座位上说：“对。那就放飞！到郊外去！”他想到迟速的点子，重新激动起来。

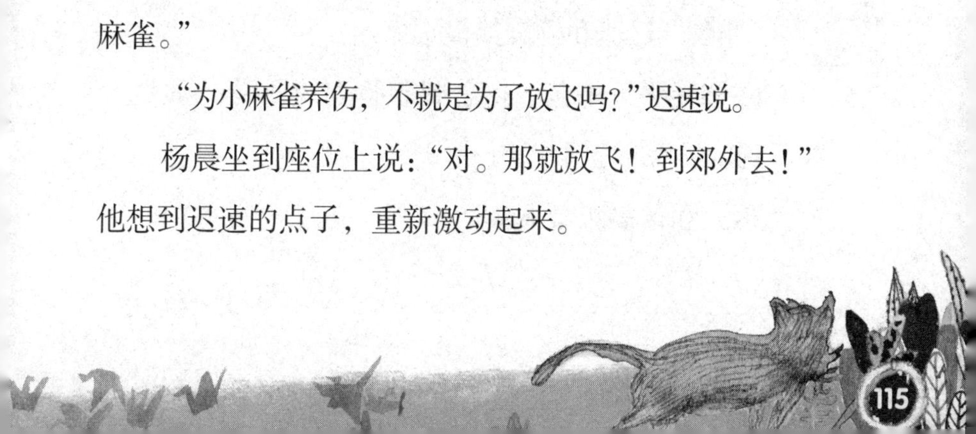

迟速说："我知道你会同意的。我想，我们怎么才能去郊外呢？"

"这个……找欧阳峰，让他爸爸安排车，他爸爸是政府副秘书长。"杨晨说。

迟速说："欧阳峰不是要转学了吗？"

"对啊！"杨晨说。

迟速正要对杨晨说想想办法，走廊那头响起欧阳峰的声音："不好啦！不好啦！"

欧阳峰一直冲进教室："不好啦！"

"怎么了？"迟速和杨晨问。

"失踪了！鸟笼失踪了！"欧阳峰说，"顾爷爷找不到鸟笼了。"

"啊？"迟速和杨晨都很吃惊。

欧阳峰丢下书包，擦着胖胖脸上的汗说："真的，找不到了。我下去了！"

迟速和杨晨跟着下楼。

上学的同学正在上楼。他们侧到楼梯一边，让欧阳峰他们下楼。

“你们把鸟笼藏起来啦？”有同学问。

欧阳峰头也不回地说：“那我们还找？”

门房那里聚集着很多人。他们都是路过的时候，听人说鸟笼不见了。

“报警啊！”有同学说，“赶紧报警啊！”

有同学说：“怎么报呢？说一只小麻雀失踪了？”

“小麻雀再小，也是一只鸟！”有同学说。

有同学说：“一只小麻雀，普通的鸟，不值钱，警察不会受理的。”

“小麻雀不值钱？小麻雀是不值钱，但你把值钱的鸟拿给我看看啊！”有同学说。

……

欧阳峰推开前面的人说：“让让啊，我们会给大家一个交代。”

顾爷爷站在门房的屋檐下。他一会儿看看屋檐，一会儿看看大家。他看到李强、杨晨和迟速来了，迎上来："唉！昨天晚上是我拿回门房的，早上起来却不见了。"

"会不会被猫吃了？" 欧阳峰问。

顾爷爷说："就算是被猫吃了，鸟笼呢？猫不会把鸟笼也吃掉啊。"

"飞走了？"欧阳峰又问。

姜珊挤上来说："小麻雀能把这么大一个鸟笼拖走？欧阳峰你不要瞎猜，要有科学依据！"

"我不急啊？我的见面礼没有了，我怎么去见面呢？"欧阳峰带着哭腔说。

"会不会是你的仇人出现了，知道你要转学，带见面礼，就把你的见面礼拿走了？"张天神秘兮兮地问。

"啊？"欧阳峰愣住了，"我……我哪有仇人啊？

我又没在江湖上混过，我也不会武功。我哪里有仇人？”

钟海涛和欧阳峰站到一起，表示对他的支持：“对啊，我从来没听说他有什么仇人。”

“是不是你们班故意炒作啊？”四（2）班的洪铁平说，“你们自己藏起来，搞一个失窃案，吸引我们的注意力。”

“对！四（1）班会这么做的。”不少同学赞成。

“四（1）班一定是在炒作，一定的。”洪铁平好像看破了欧阳峰的招数，得意地挥挥手，笑着进校门，去教学楼。

早读课的铃声响了。

学校门房前，围观的同学走进学校、走进班级。四（1）班的几个同学，也只得回教室。

欧阳峰一边走，一边对迟速说：“找一条警犬，闻着味，肯定能查出来。”

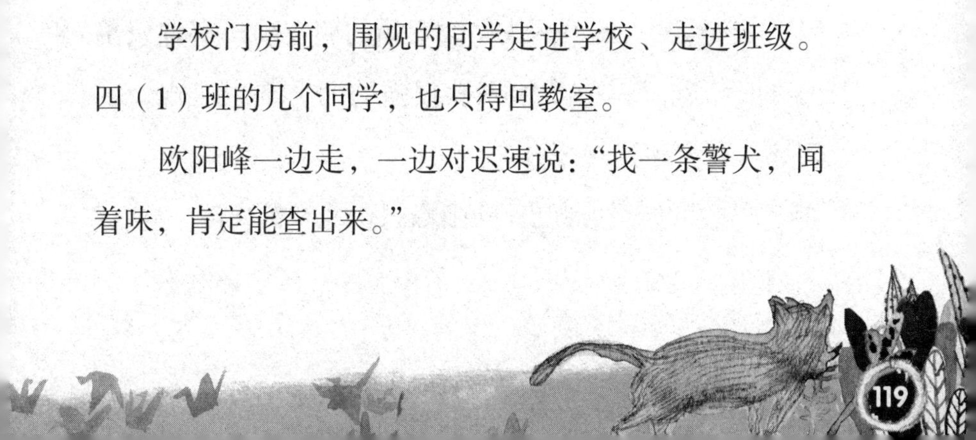

“太严重了吧？即使是被人偷了，也找不到警犬啊。”迟速推推眼镜说。

杨晨说：“要找警犬，也得你找，你通过你爸找。”

绿色鸟笼和小麻雀不见了，欧阳峰心里比谁都着急。

两天过去了，欧阳峰的爸爸妈妈根本不提转学，好像不存在转学这件事。爸爸妈妈原来是很急的，恨不得明天就要转。他也盼望能早一点转，早点转，就可以早点把小麻雀带过去。

“爸爸妈妈，还转吗？”欧阳峰忍不住问。

妈妈说：“转啊。你爸爸这几天忙。”

“那——妈妈你能不能帮转呢？”欧阳峰问。

妈妈说：“妈妈不认识教育局的朋友啊，得你爸出面办。你爸又是一个原则性很强的人，不想违规，一切都得按程序、规矩办。”

“这可怎么办呢？”欧阳峰想。他问钟海涛：“这一节什么课？”

钟海涛习惯地看向李强。大家是不用记课表的，李强的听力很好，能从脚步声里听出是哪位老师，然后告诉大家是什么课。

“李强呢？”钟海涛问。他扭头找了找，大声问：“李强呢？”

教室里就一个位子空着，那是李强的座位。

“我以为他和你们在一起呢。”孙新悦说。

李强到哪里去了呢？

这时候，远处传来脚步声。

“咚！咚！咚！”脚步声很快响到教室门口。

李强扶住门框，收住脚步，然后一转身闪进教室，拐到座位上。

“不好意思，”李强一边喘气，一边对大家说，“迟到了。”

“你去忙什么的啊？”孙新悦看到李强在老师进教

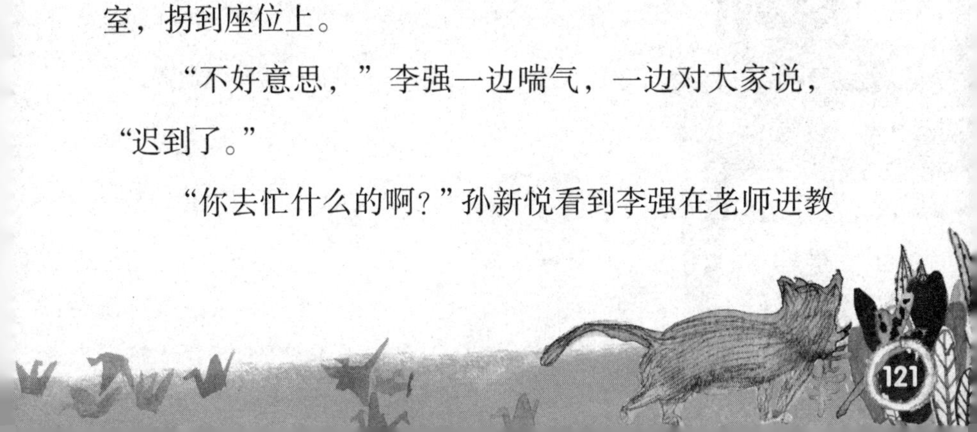

室之前赶到，很高兴。她递给李强一张湿纸巾：“满头汗啊。”

“跑的，跑的。不跑就迟到了。”李强说。

李强是从仙鹤门小学赶来的。

自从欧阳峰说要转学，李强就想去仙鹤门小学看看。他去过欧阳峰家，知道仙鹤门小学就在欧阳峰家的马路对面，但没有进去过。昨天下午放学，他去了仙鹤门小学。

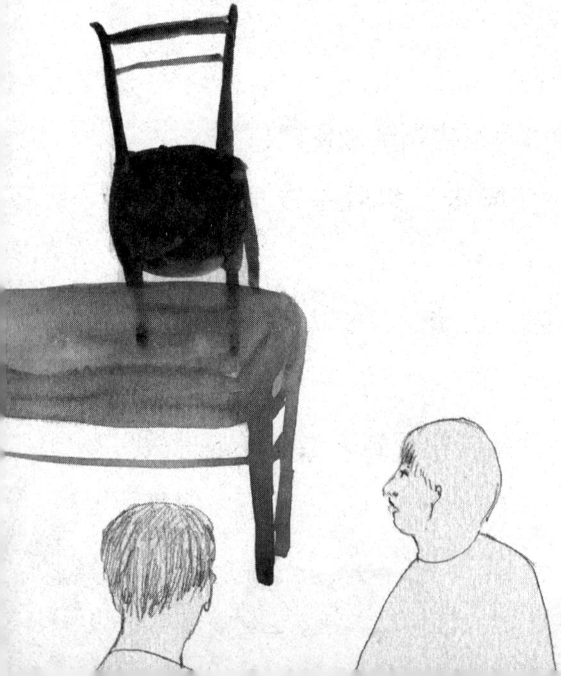

“爷爷，我是大钟亭小学的。我有一个同学要转过来，我进去看看行吗？”李强对门房的一位爷爷说。

爷爷点点头说：“欢迎啊，

去吧。”

每一所小学，好像都有一位门房爷爷。

放学了，校园里很安静。

仙鹤门小学很大，也很漂亮。

仙鹤门小学是在老校园基础上扩建的。

老校园一栋三层红砖小楼保存完好，二、三层做学校图书馆，一层做阅览室。

两栋新建的大楼呈“T”形。红楼位于“T”字“一”的中央，如同一个人的脑袋。“T”字“一”的两边，一边是排球场，一边是篮球场。排球场和篮球场紧靠着运动场，这里有四百米的标准塑胶跑道。

仙鹤门小学四（1）班在“一”的二楼左边，楼下是排球场。

“你好啊！”四（1）班有一个男同学站在窗口。他说话的时候带着笑意，牙齿白白的。

李强没想到班上有人。

第12章 你的腿怎么啦

天没亮，李强就起床了。

一个晚上，李强都没睡好。好像睡着了，又突然惊醒了，赶紧看压在枕头下面的手表。手表上的数字看不清，他得悄悄下床，打开台灯。才一点二十。他继续睡。好像又睡着了，但又突然惊醒了。再开灯看手表，才一点五十四。他只得爬上床，逼自己睡。他的脑子好像分成了两半，一半非常清醒，一半糊里糊涂。两个一半互相打架，都想打败另一半，都不能成功，搞得他昏昏沉沉的。

李强最后一次下床看手表，是五点零五分。他不想再睡了，拎起书包，轻手轻脚出门。他昨晚就对爸爸妈妈说过，今天他要早一点到学校，早饭在路上买肉包子吃。爸爸妈妈肯定没想到，他起得这么早。

街灯已经灭了。街道灰白地伸向远处，灰暗的建筑站在两边。街道上方，是发亮的天空。

公共汽车到了。

门打开，没人下车，车门好像就是为李强开的。

李强上车。他还是第一次这么从容地上车，没有人挤人。车上暗暗的，坐着几个人。他们昏昏欲睡，睁开眼皮看看刚上车的他。一个瘦小的孩子，背着一个大大的书包，脸上是困倦和兴奋，既不像是上学，也不像是离家出走。

他们友好地对李强笑笑，转过脸，看窗外，或者闭上眼睛。

李强到学校的时候，绿色鸟笼还没挂出来。他躲在一根电线杆后面，心怦怦直跳，看着顾爷爷进进出出。

顾爷爷扛着扫帚出来了。他打开学校的自动栅栏门，带上门房的门，进了学校。

李强快步走到门房，慌慌张张推开门。

绿色鸟笼放在一张凳子上。李强提起来。光线不好，他看不清里面，就晃晃鸟笼。

鸟笼倾斜着，里面的小麻雀扑扇着翅膀，让自己站稳。

李强听到这个声音，很高兴。这表明小麻雀在里面，而且翅膀的伤恢复得不错。

“啾啾！”小麻雀清脆地叫着。

李强慌忙说：“别叫！”他从书包里拿出一个蛇皮口袋，把鸟笼放进去，然后低着头离开。

早起的人，只顾忙自己的事情，谁也没有注意到李强的行动。

李强没有选择坐公共汽车。坐公共汽车，时间长，也不好掌握。他昨天晚上就想好了——坐出租车。

一辆出租车停在李强面前。

李强拉开副驾驶座的门，又关上，坐到后排。

“你那是什么宝贝啊？”司机叔叔问。

李强说：“噢，没什么。”

“啾啾！”小麻雀叫了。

“别叫！”李强轻轻拍着蛇皮口袋说。

司机叔叔笑着说：“哈哈，是麻雀吧？”

“是……”李强觉得说麻雀不好意思，麻雀是最普通的鸟，“是老鹰。”

“哈哈哈哈，老鹰？老鹰就这么大？”司机叔叔从后视镜里看着李强。

“呃，小老鹰。”李强说。

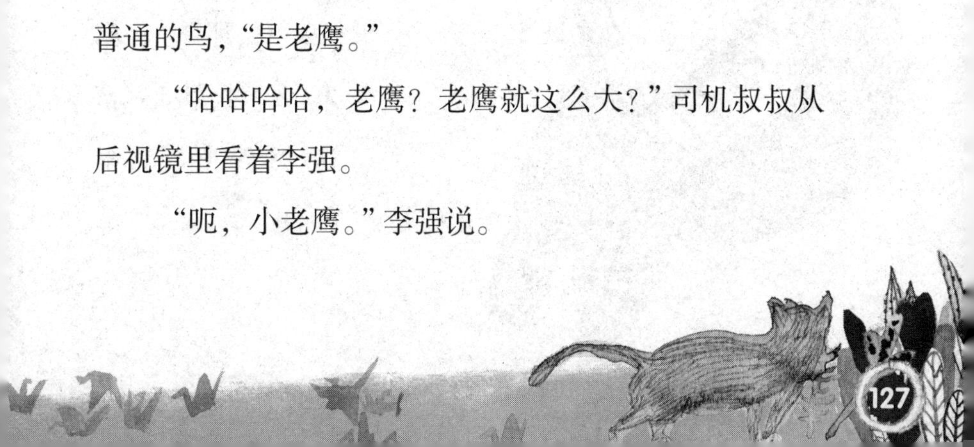

司机叔叔说："小老鹰学麻雀叫啊？"

"为什么你一定要说是麻雀呢？"李强假装生气地说，"我就不能有老鹰啊？"

司机叔叔说："我没说你不能有老鹰啊。我是说，你现在带的是小麻雀。"

"你养过小麻雀啊？"李强亲热地问。

司机叔叔说："谁没事养小麻雀啊？"

"那你，你怎么对小麻雀这么熟悉？"李强问。

司机叔叔说：“我家是农村的，农村的麻雀不要太多哦。”他回头对李强笑笑：“不过现在很少了。”

“很少——很少是多少？”李强问。

司机叔叔说：“很少就是——就是你要是不注意，根本就看不见麻雀。”

出租车在仙鹤门小学门口停下来。李强对司机叔叔说，他还要回大钟亭小学，请等他一会儿。司机叔叔点点头，熄火，到路边买煎饼吃。

李强站在路边。他在等一个叫方贝贝的人。

昨天傍晚，李强站在仙鹤门小学四（1）班门口，他以为班上没人了，没想到有一个男同学站在窗口。

“我看到你上来了。”那个男同学说，“你是要转来的同学吗？”

李强说：“不是，是我同学要转来。你也是转来的？”

“不是。我是要走的。”男同学说。

李强觉得这个男同学挺奇怪的："你为什么要走？是——要——你不会是生病吧？"

"你说对了。"男同学笑着说，"我生病了，要截肢。"

李强忽然意识到，这个男同学一直站在窗口，一动没动。

男同学对李强说："我叫方贝贝。我在等爸爸来接我。"

李强蹲下来，摸着方贝贝的腿说："你的腿怎么啦？不能不截肢吗？你截肢了还有腿吗？"

方贝贝弯下腰，拉起李强，笑着说："装假腿。"

李强眨眨眼睛，认真看着面前这个叫方贝贝的同学。他知道有人面对病魔很乐观，但总以为那是英雄，而英雄离自己是很远的。现在的情况是，这个乐观的人就站在自己面前，而且是和自己同年龄的人。

“装假腿？你就没腿啦？”李强惋惜地说。

方贝贝笑着说：“假腿也是腿。”

“我要给你看一样东西。”李强突然说，“这是一个礼物，本来是我同学要带来的。”

“什么东西？”方贝贝问。

李强看着方贝贝说：“小麻雀。”他怕方贝贝不把小麻雀放在眼里，紧接着说：“你不要小看小麻雀——”

“太好啦！我见过孔雀，还没见过小麻雀。”方贝贝说。

李强今天一大早跑到学校，趁顾爷爷不注意，提了鸟笼钻进一辆出租车。

一辆白色的私家车开来了。

李强向汽车招手。

汽车停在李强身边，方贝贝从车窗里探出头。

“你看！”李强从蛇皮口袋里提出绿色鸟笼。

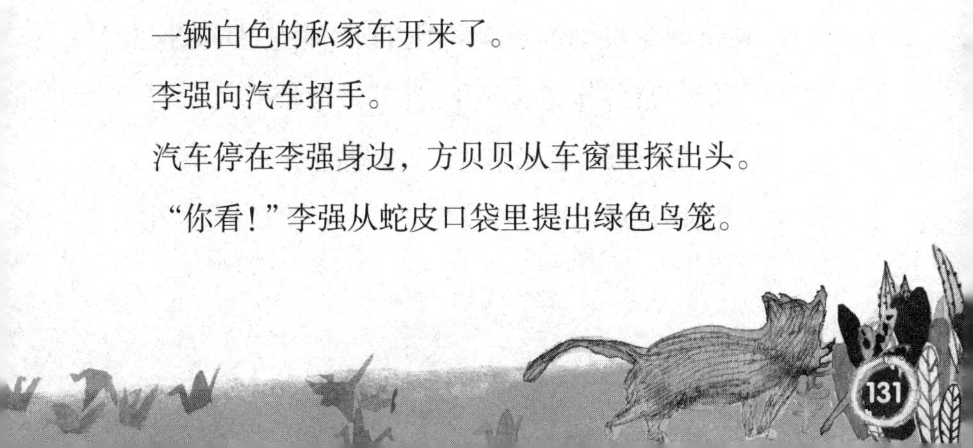

一只小麻雀站在鸟笼里的横档上，昂着头，尖着嘴：“啾啾！啾啾！啾啾！”

方贝贝伸出手指，放到鸟笼边。小麻雀跳过来，伸着脖子、撅着尾巴啄着。他把手指全伸进去，小麻雀跳到他的手指上，摇晃着平衡自己。

“怎么样？”李强问方贝贝。

方贝贝开心地说：“不错不错！真的不错！”他抬头对李强说：“说不定啊，再过几年，麻雀成为珍稀鸟类了。”

方贝贝和李强说再见。车开向马路对面，进学校大门了。

“快！回！”李强对司机叔叔说。

司机叔叔发动车子，不满地问：“他是谁啊？这么大牌啊？和你说话，车子也不下，还开进学校了。”

“他腿不好，要截肢了。”李强说。

司机叔叔没说话。

李强也不说话。

过了一会儿，司机叔叔问："你是专门送给他看的？他是你亲戚？"

"不是。我是昨天傍晚才认识他的。"李强说。

"噢——"司机叔叔把出租车计程表扶上去，"我免费接送你，你也是做好事。"

李强连声说："谢谢啊，叔叔，我本来打算用早饭钱坐车的。"他看到路边有一个肉包子铺，让车停下来，下去买了四个肉包子，给司机叔叔两个。他咬了一口包子，是面皮；再咬一口，是肉馅。肉馅很烫，他慌忙咽下去。肉馅一直烫到他的胸口，烫得他眼泪都出来了。

出租车到大钟亭小学门口。

就要上课了，已经没有进出校门的同学。

门口空荡荡的。

李强和司机叔叔商量，他下车去和顾爷爷说话，

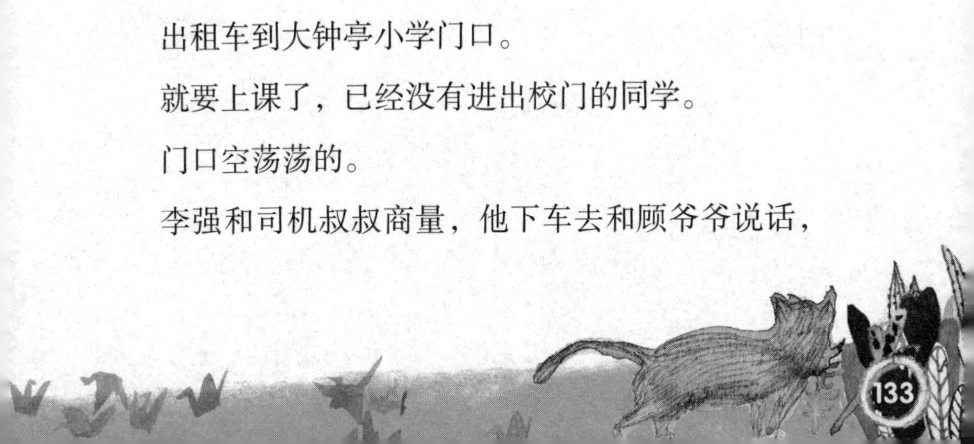

司机叔叔趁机把鸟笼放到门房里。

“好！”司机叔叔兴奋地说，“我告诉你手机号码，有事找我啊！”他找不到纸，就把号码写在李强的手掌心。

李强背着书包下车。离门房很远，他就高喊顾爷爷。顾爷爷从门房里走出来，难过地告诉他说，鸟笼不见了，小麻雀也不见了。

“啊？”李强假装很吃惊。他对顾爷爷说：“顾爷爷，你看看那里有没有。”他拉顾爷爷进校门，指着教学楼后面的树林：“顾爷爷，你去看看，我到班里去了。”

司机叔叔像猫一样从出租车里出来，把鸟笼放进门房。

第13章 鸟笼回来了

顾爷爷在教学楼后面的树林里，没找到绿色鸟笼。他回到门房，准备分发报纸。

“啊！”顾爷爷简直不敢相信自己的眼睛。

失踪的鸟笼正放在凳子上。

顾爷爷急忙上前拎起鸟笼。小麻雀在里面，很精神地跳着。他拎着鸟笼到门外看看，四下里没有人。他甚至看看房顶，好像有人藏在那里似的。他又拎着鸟笼回到门房，找门后、看床下，没有发现一点可疑的地方。

“奇怪了！奇怪了！”顾爷爷摸摸头，“是我看花眼了吗？鸟笼一直在这里的？”他想了想，摇摇头：“不可能啊！难道大家都看花了眼？”

找到了总是好事！顾爷爷笑笑，把鸟笼挂到屋檐下。为了保险起见，他在鸟笼上拴一根绳子，一头绑在窗棂上。他想，如果有人拿鸟笼，就没那么容易了。他打的是死结，要解半天。

下课铃声响了。

顾爷爷走到教学楼下，仰着头对着四（1）班的窗口喊：“杨晨！李强！鸟笼回来了。”

教学楼的一个个窗口，出现了许多小脑袋。

“什么？”杨晨低着头问。

顾爷爷说：“鸟笼，鸟笼回来了。”

“那小麻雀呢？”欧阳峰赶紧问。

顾爷爷指着门房的方向说：“也回来了。好着呢！”

窗口的小脑袋，都缩了回去。

过了一会儿，好多同学奔出教学楼，跑到门房这里来了。

欧阳峰跑在最前面：“我看看，我看看。”

绿色鸟笼挂在屋檐下。有一点风，鸟笼晃动着。

“你终于回来啦！”欧阳峰对小麻雀喊道。

小麻雀叫道："啾啾！"

"哈哈，你终于回来啦！"欧阳峰对小麻雀说。

小麻雀叫着："啾啾！"

"这——顾爷爷，到底怎么回事啊？"杨晨问顾爷爷。

顾爷爷说："我不知道啊。我一转身，鸟笼就在凳子上了。早上也是，我一转身，鸟笼就不见了。"

"会不会有人——"杨晨问李强，"李强，是你吗？"

李强慌忙说："怎么会是我呢？顾爷爷可以证明的。"

"我是可以证明。李强是空手和我说话、进校门的。"顾爷爷说。

"这就怪了。班上同学都在啊，都没有作案时间啊。"张天说。

"现在你不会说我们班炒作了吧？"欧阳峰问洪

铁平。

洪铁平严肃地说：“怎么证明呢？”

“鸟笼回来的时候，我们班的同学都在教室啊。”张天说。

洪铁平拍拍手说：“这能证明什么啊？你们不能托人拿走鸟笼，再送回来啊？”

“啊？”张天张着嘴。他没有办法反驳洪铁平的话。

李强一副轻松的样子，笑着问：“我们？我们为什么要这么做呢?”

“这要问你啊，问我干什么？”洪铁平说。

李强结结巴巴地说：“问、问我？问我什么？你说话可要负责任啊。”他指着洪铁平对大家说：“没有一点道理。”

上课预备铃响了。

李强这一节课上得提心吊胆，洪铁平的话总是

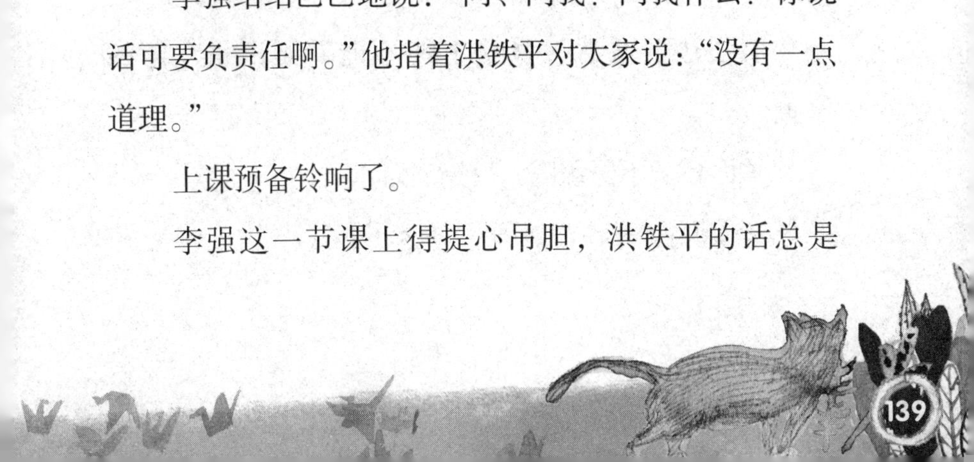

响在他的耳边："这要问你啊，问我干什么？"他怀疑洪铁平是不是知道了他的行动，但他想不出问题出在哪里。他一大早到学校，那时候不可能有同学比他更早；他快迟到的时候回到学校，这时候没有同学比他更迟。

"难道是洪铁平在窗口看到我下出租车？"李强突然想。

这个想法让李强慌神了。如果是那样，他的一切都在洪铁平的眼里，说不定不止一个人看见他下出租车。他盼着早一点下课。他要看看洪铁平坐在哪里。如果洪铁平的位子在走廊这一边，不可能看到门房这边的楼下。

李强还要看看，从楼上能不能看到出租车停的位置。

"你肚子不舒服啊？"孙新悦问。

李强说："没、没、没，怎么了？"

“你扭来扭去的，坐不住。”孙新悦坏笑着说，“我以为你憋不住了。”

李强不好意思地说：“没有，没有。”

“那你坐好啊，坐好听。”孙新悦拍拍李强。

李强直起身，昂起头，眼睛盯着李老师。但是，只坚持了一会儿，他心里又乱了。

“不好意思说啊？”孙新悦看着李强，“我帮你说啊。”李强没来得及阻止她，她举起了手。

“怎么？孙新悦，你有什么问题吗？”李校长问。

孙新悦站起来，走到李校长身边，凑到他耳边说了一句悄悄话。

“噢——”李校长边听边点头。他看着李强，挥挥手：“去吧。”

“我？”李强指着自己的鼻尖。

“嗯。”孙新悦回到座位。

“我？”李强又指着自己的鼻尖。

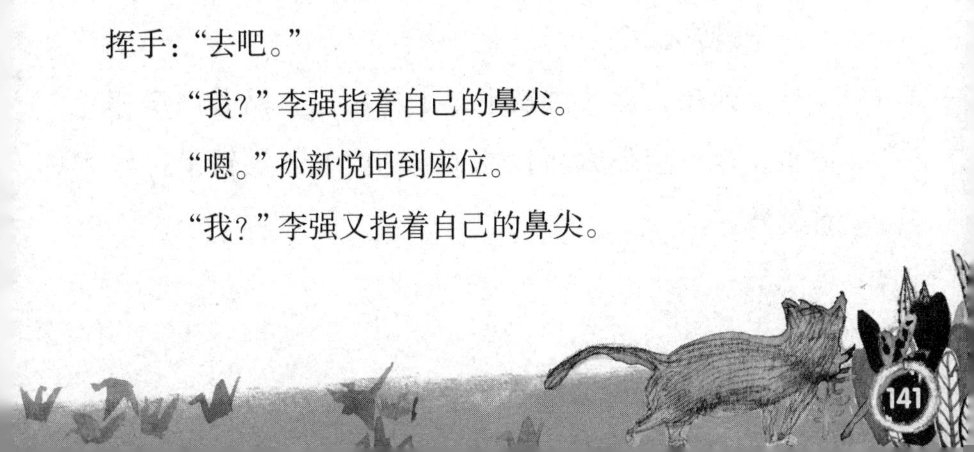

“去吧。”李校长说。

同学们笑了起来。

李强愣了一下。他想，大家一定猜到孙新悦说的是什么悄悄话了。大家会想，是他让孙新悦帮他请假的。上课去厕所拉肚子，总是有一点难为情的。他并不想离开教室，但他不得不站起来。他不去厕所，大家一定以为他不好意思。

李强捂着肚子，走出教室。他在走廊里慢慢走着。走到四（2）班教室，他看到洪铁平既不坐在靠走廊的位子，也不坐在靠门房的位子，而是坐在中间。坐中间，是无论如何也看不到楼下的。必须坐在靠门房那边，而且必须贴着窗口坐才能看到。

李强放心了。

李强想，即使洪铁平早上换座位，贴着门房那边坐，也不会那么巧，他下车的时候，洪铁平正好看窗外。

李强转身回教室。

“回来啦？”李校长上下看着李强，又走到门外看看走廊。

“哈哈哈哈……”大家笑了起来。李校长也许以为李强憋不住，拉在走廊里了。

“我其实，没有想去厕所。”李强低着头说，“孙新悦以为我要去，帮我说情，我只得去了。可我实在不想去，就回来了。”

“回来回来，快坐下听课。”李校长笑着说，“你不要怪孙新悦，我也觉得你有问题，扭来扭去的。”

“噢。”李强回自己的座位。他坐下去的时候，又站起来：“李校长，我能不能占用你一点时间？”

“好啊，你说，你说。”李校长看看手表，做了一个请的动作，“抓紧哦，还有三分钟下课了。”

李强突然要哭，但没哭出来，却笑起来了：“我还是说真话吧——告诉大家，小麻雀是我偷的。”

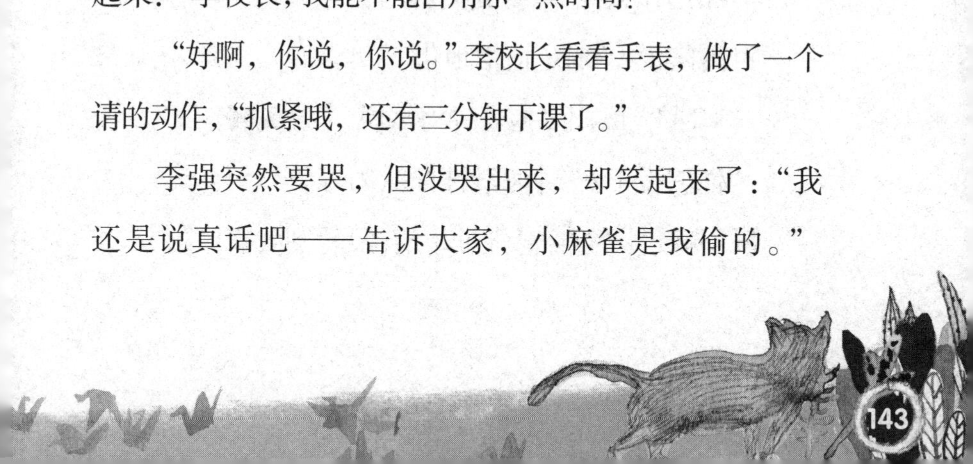

“啊？”大家非常吃惊。

李强把事情的经过告诉大家了。

“我，也没想怎么，就是想让方贝贝看看小麻雀。我怕欧阳峰转过去，他已经开刀了。”李强最后说。

“可是，你——”欧阳峰说，“你为什么不告诉我们呢？”

李强擦着眼睛，身子一耸一耸：“不知道，我不知道我为什么就那样了。”

“你那怎么是偷呢？”孙新悦递给李强纸巾说，“那不是偷，那是——”

“那是什么呢？”姜珊笑着问。

尹露露说：“那是悄悄地借。”

“对哦！”欧阳峰抱着钟海涛说，“我冤啊！”

“你怎么了？”钟海涛推开欧阳峰。

欧阳峰说：“这么感人的事情，没轮到我啊。”

“你礼都收了，怎么还不转走呢？”钟海涛问。

“我……”欧阳峰说，“我也不知道。”

下课了。

李校长一边收拾教案，一边说：“呵呵，最后三分钟，听到一个故事啊，一个感人的故事。我觉得啊，李强把事情说出来，是再好不过的事情。不然啊，憋得可难受呢。”

“现在轻松了吧？”李校长问李强。

大家笑了起来。

“李校长，我有话说。”杨晨说。

李校长已经走到门后了，站住，转过身。

杨晨问：“这件事，是保密呢，还是告诉洪铁平他们？”

有同学说，告诉洪铁平他们，让他们也受感动。有同学说，还是先保密吧，让洪铁平他们去猜，把答案说出来，还有什么意思？两方面的同学小声争

论着，都有坚持的理由，都找不到反驳对方的理由。

“校长，你不要耍滑哦，要有意见。”李强笑着说。

大家看着李校长。

李校长为难地看着大家：“你们自己决定，我帮你们保密。”他话一说完，拉开教室门跑了。

第14章 顾爷爷的真相

李强带小麻雀去仙鹤门小学的事情，四（1）班的同学严格保密。

大家没有告诉洪铁平，也不打算告诉顾爷爷。

洪铁平有空就到四（1）班来，想打听到一点什么情况。他一直认为四（1）班非同小可，什么事情都可能发生。但他实在说不清楚，绿色鸟笼的失踪与四（1）班有什么关系，更不可能想到，失踪的背后有一个故事。

越是想不到，越是要想。洪铁平像大侦探一样，没事就到四（1）班转，还找人聊天。

“你们很厉害啊，把大家都瞒住了。”洪铁平拉着欧阳峰说。

欧阳峰说：“瞒？瞒住？瞒住什么？有什么能瞒得住的啊？”

洪铁平见从欧阳峰那里问不出什么，放开他，再去问孟可文。

“哪天搞一场足球比赛啊？”洪铁平说。

孟可文连忙说：“好啊，好啊！”

“把李校长也喊上啊。”洪铁平说。

孟可文说：“好的。”

姜珊见洪铁平和孟可文谈得很开心，担心孟可文会说漏嘴，站到他们中间说：“喊李校长？李校长自己说自己很厉害，你们见过他踢球吗？”

洪铁平和孟可文都摇头。

“对啊，李校长万一不会踢，断腿怎么办？”姜珊的手一砍，“‘咔嚓！’腿，断了。”

洪铁平打了一个战：“我的天，你还能好好说啊！你以为李校长的腿是筷子啊？”

洪铁平始终问不到什么。

顾爷爷看见四（1）班的同学，就会说起绿色鸟笼的事。

“奇怪了，一转身没了，一转身有了。”顾爷爷对杨晨说。

“奇怪了，一转身没了，一转身有了。”顾爷爷对李强说。

“奇怪了，一转身没了，一转身有了。”顾爷爷对姜珊说。

“……”

顾爷爷不管见到四（1）班的谁，都这么说；早上说了，中午也说，晚上还说。

顾爷爷总这么说，把大家说慌神了。大家不敢一

个人去顾爷爷那里了，要去就是一帮人。

接下来，顾爷爷更加让人觉得奇怪了。他认为，绿色鸟笼其实没有失踪，失踪只是他的幻觉。

“幻觉！”顾爷爷的手做了一个飘的动作。

张天问：“那我们帮你找鸟笼呢？”

“那是我在做梦。”顾爷爷说。

“做梦？”张天笑着说，“怎么会是做梦呢？”他问顾爷爷：“那现在，是在做梦吗？”

“不知道。”顾爷爷笑着说。

张天急了：“顾爷爷，你的身体真的不好了吗？”他抓住顾爷爷的胳膊，掐着说：“顾爷爷，疼吗？”

“疼。”顾爷爷说。

张天放心了：“那就不是做梦。”

“可是，如果我做梦，梦到你掐我的胳膊呢？”顾爷爷认真地问。

“啊？”张天没有话说了。

“我年纪大了。”顾爷爷唉声叹气地说，“我脑子糊涂了，一会儿做梦，一会儿清醒。”

顾爷爷见到其他班的同学很正常，见到四（1）班的同学就糊涂。

四（1）班紧张了。

李强拉住杨晨说：“我做坏事了，把顾爷爷搞糊涂了。我还是说实话吧。”

“对啊。顾爷爷糊涂了，离家出走怎么办？”张天说。

“把报纸和信发错了，就坏事了。”姜珊说。

尹露露说：“干脆，我们把顾爷爷拉进我们的队伍里，只告诉他，让他保密。”

“好啊！”孙新悦和几个同学赞成。

迟速和杨晨一直没说话。

“元帅，你说说看。”张天对迟速说。

杨晨抢着说：“据我们观察，顾爷爷是装给我们

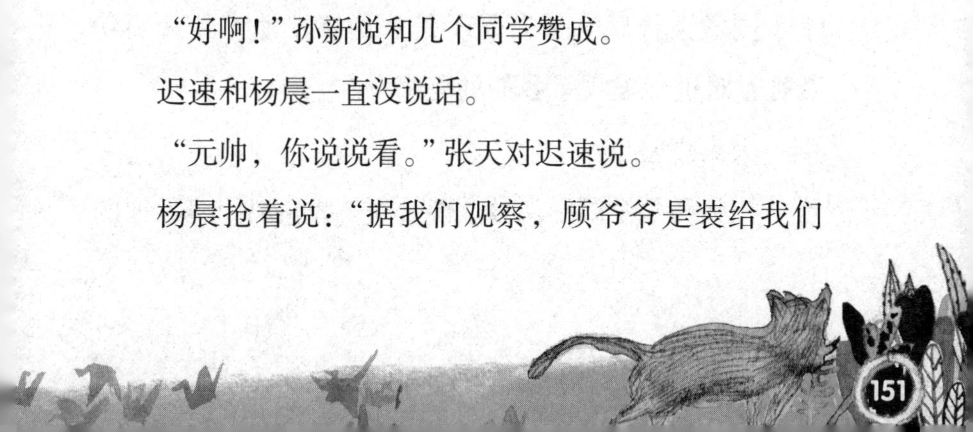

看的。”

“啊？”张天问，“装？为什么装？”

“顾爷爷怀疑我们班，重点怀疑李强和我。”杨晨说。

李强紧张地问：“那、那、那怎么办？”

“顾爷爷只是怀疑，没有证据。”迟速说，“我们还是告诉他吧，就说我们把他当好朋友，才告诉他的。”

“那——那洪铁平就不是好朋友？”李强说，“干脆一起说了。”

杨晨说：“那不行。我们和洪铁平是好朋友，才和他做游戏的。”

识破顾爷爷的伪装，同学们很激动。激动之后，不少同学又怀疑顾爷爷是不是真伪装。他为什么要伪装呢？难道他发现了我们的秘密？

大家想验证一下。

张天和几个同学从教学楼后面，绕到离门房不远的围墙边。从那里的铁栅栏斜看过去，能看见门房。

“看，鸟笼挂在那里。”张天说。

孟可文说：“鸟笼在，小麻雀不一定在哦。”

“哈哈，我看你疑神疑鬼的了。”张天说。

其他年级有一个同学走到门房那里，好像和顾爷爷打了一声招呼。顾爷爷挥挥手，也和他打招呼。他们没有说话。看上去，顾爷爷一切正常。

这时候，李强去学校门房。他一边低头一边看书，假装没看见顾爷爷。顾爷爷从门房里面追出来，和他说话。说话的时候，腰有些弯，动作也不利索，好像一下子就衰老了。

“看出来了吧？”张天说，“看出来了吧？”

孟可文说：“不得了！顾爷爷是在和我们演戏啊。”

中午放学，四（1）班的同学没有马上离开教室，而是把门关上。大家开了一个会，决定给顾爷爷一份

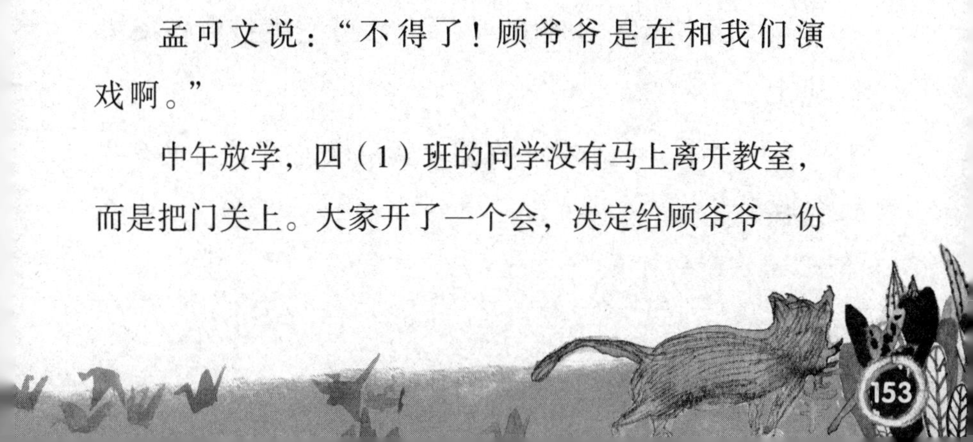

请柬，请他下午放学后，到四（1）班来一下，把事情的真相告诉他，同时要他保密。

大家决定，孙新悦设计请柬。

大家决定，迟速去送请柬。

尹露露说："我负责给顾爷爷一瓶矿泉水。"

"我负责给顾爷爷端一张椅子，让他坐讲台上。"姜珊说。

大家决定，下午放学后，欧阳峰去门房帮顾爷爷看门。

"我是当事人啊，我怎么能不在班上？"欧阳峰有些意见。

杨晨笑着说："你站好最后一班岗啊。"

大家决定，下午放学后，孟可文去接顾爷爷来班上。

"不行不行，我怕在路上就招供了。"孟可文有些勉强。

张天吓唬孟可文说：“路上招供，属于叛徒，以后没人相信你了。”

下午的时间，在四（1）班的期待中，飞快地过去了。

放学后，其他班级的同学都走了。

四（1）班的同学没走。

四（1）班的门紧闭着，路过的同学并不觉得奇怪。四（1）班总是很特别，经常会发生让人想不到的事情。但是，他们在走廊里，遇到了孟可文和顾爷爷，就觉得奇怪了。

“咦？老孟，”有人问孟可文，“你这是——”

孟可文紧张地说：“请、请顾爷爷。”

“请顾爷爷做什么？”有人问孟可文。

孟可文赶紧笑着说：“没什么，没什么——安全教育，让顾爷爷讲讲安全。”

顾爷爷很配合，晃晃手里的请柬。

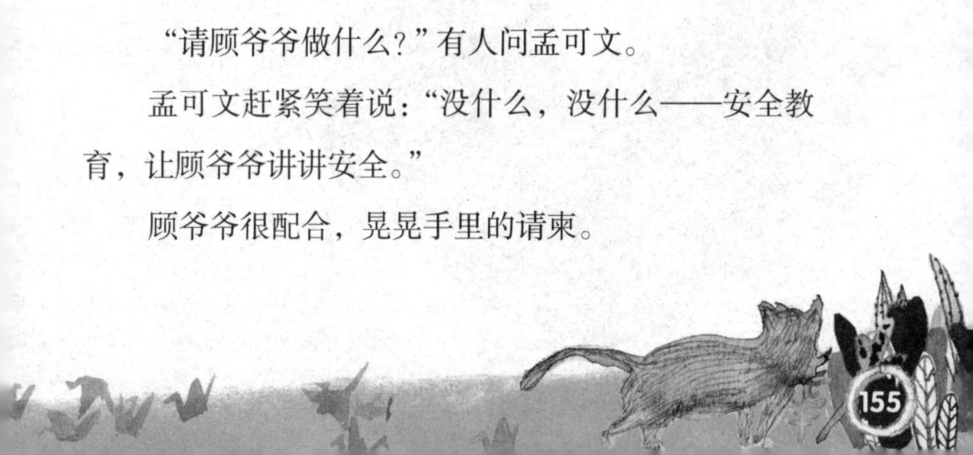

孙新悦设计的请柬，像一只飞鸟。

大家虽然怀疑孟可文的话，但是，请顾爷爷谈安全，也还是有道理的。顾爷爷是学校的门卫。千万不要小看门卫，如果在部队大院门口，就是警卫。

“顾爷爷坐。”姜珊指着椅子。

顾爷爷坐到椅子上。他笑着，但表情不大自然。

尹露露看看李强。

李强深吸一口气，点点头，表示准备好了。

尹露露说：“下面，我们将揭开一个真相。”

“好好好，我说。”顾爷爷站起来说。

全班同学愣住了。

“什么？”尹露露吃了一惊，“顾爷爷，你坐。”

顾爷爷晃着请柬说：“我知道你们请我来的意思。我就是觉得对不起徐老师和四（1）班。我看见你们，就想起鸟笼的事情。我实在搞不明白，鸟笼是怎么回事。”

“哈哈哈哈……”同学们大笑起来。

“奇怪了，一转身没了，一转身有了。”顾爷爷皱着眉头说。

同学们笑得更响了：“哈哈哈哈……”

“顾爷爷，你怀疑我们吗？”尹露露问。

顾爷爷问：“怀疑你们？”

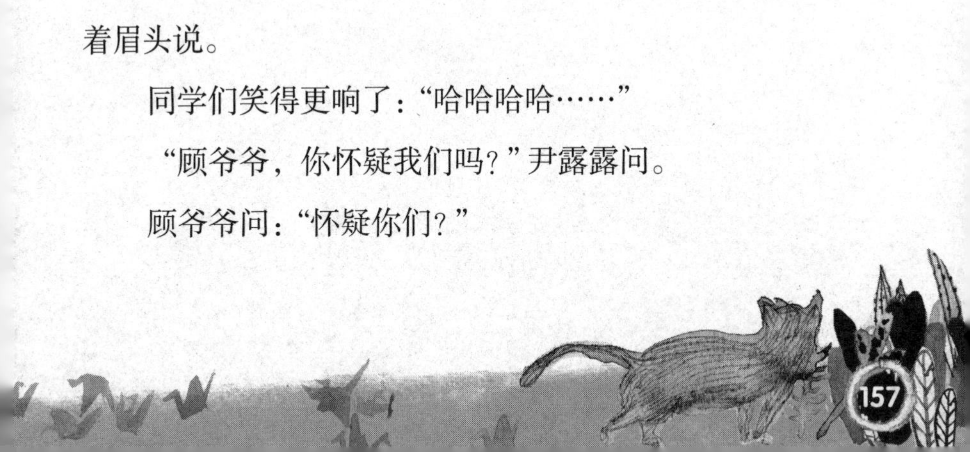

“哦——”大家互相看看。

迟速和杨晨有些不好意思。

“你不是看见我们就说‘奇怪了，一转身没了，一转身有了’？”李强问。

“我不和你们说，和谁说啊？”顾爷爷摊着手，晃着请柬。

第15章 猫叫了一夜

李强说了绿色鸟笼的事。

顾爷爷听了，半天没动身。虽然他觉得，鸟笼的失而复得很奇怪，但没想到后面跟着一个故事。

“那——鸟笼还送去吗？”顾爷爷问李强。

李强说：“不知道方贝贝是不是住院了。”

“你去啊。”顾爷爷对欧阳峰说，“你家不是住仙鹤门小区吗？你回家的时候，去学校看看。”

“噢！”欧阳峰说。

“顾爷爷，你要答应保密哦。”尹露露说。

顾爷爷说："我保证不说。"

放学了。

天有些暗了。天幕上，贴着一些云彩。风吹上身，有些微微的凉意。

有两只鸟飞过头顶，落到教学楼后面，估计是钻进树林里了。

大家仰着脖子，看着天空。

"不会是麻雀。"顾爷爷说。

张天问："为什么？"

顾爷爷说，麻雀一般不飞这么高，也飞不到这么快。他说，他小时候经常会看到这种情况，鸟像子弹一样射向树林和竹林。他说，那时候鸟很多，有低空的黄鹂、麻雀，有高一点的白头翁、喜鹊，还有高空的大雁、老鹰。

"有一天，我看到一只鸟，这么大——"顾爷爷张开双臂。

张天问："多大？"

"它把翅膀张开，"顾爷爷说，"有房子那么大。"

"啊？！"大家惊呆了。

顾爷爷说："它只扇了一下翅膀，就蹿出去很远了。它扇了两次翅膀，就从天空滑过去了。它飞过去的时候，地上是有影子的，比房子还要大的影子。"

"顾爷爷，你不会是做梦吧？"张天用手掌在顾爷爷眼前晃着。

"肯定不是梦——但是，就像做梦一样。"顾爷爷说。

孟可文问："那它——它们都住哪里啊？"

顾爷爷说："不知道。要是让人知道了，它还能活吗？"

大家不说话，心里有些难过，是那种得不到别人信任、伤害到别人的难过。

"刚才是什么鸟呢？"杨晨问。

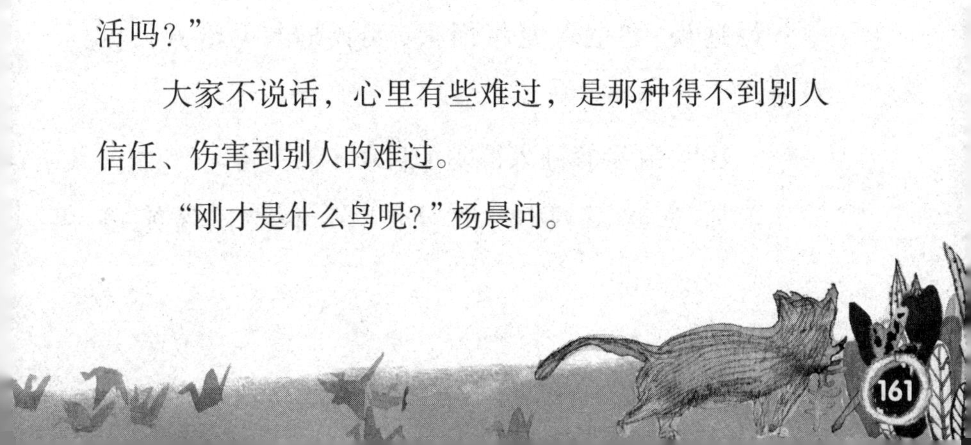

顾爷爷说："没看清，飞得太快了。"

"我们去看看吧。"姜珊说，"到小树林那里喊一嗓子，它们也许会飞起来。飞起来，就看清了。"

孙新悦看着大家说："不行吧？它们受到惊吓，就会搬走的。"

大家没说话，也没去小树林，而是跟着顾爷爷下楼。他们心里还是有一点开心的：在他们的生活中，还是有鸟的，只是鸟少了。它们就藏在附近什么地方，不声不响，行踪隐秘。

欧阳峰坐在门房里，趴在桌上睡着了。大家把他喊醒，说要交给他一个光荣的任务。

"什么任务？"欧阳峰揉着眼睛说。

迟速说："把鸟笼带回家，明天早上再给方贝贝看看。"

"好！"欧阳峰高兴得跳了起来。

李强对欧阳峰说："当心啊，不要让鸟笼挤

扁了。”

“你没挤扁，我就会挤扁啊？”欧阳峰不服气。

“我坐出租车的。”李强说。

欧阳峰说：“那我也坐出租车。”

几个同学帮欧阳峰拦下一辆出租车。

出租车开向仙鹤门小区。

到小区门口，天已经黑了。仙鹤门小学的大门关着，大楼的窗口都是暗的。

欧阳峰拎着鸟笼，进了小区大门。走到楼道里，他忽然想，这样大摇大摆把鸟笼带回家，爸爸妈妈不高兴怎么办？

“爸爸妈妈，这是班上的事情。”欧阳峰想到了一个答案。他的理由是充分的。他不是自己贪玩，他带回来的，是全班同学对方贝贝的关心。

但是，欧阳峰还是觉得，爸爸妈妈从骨子里反对他接触小麻雀。

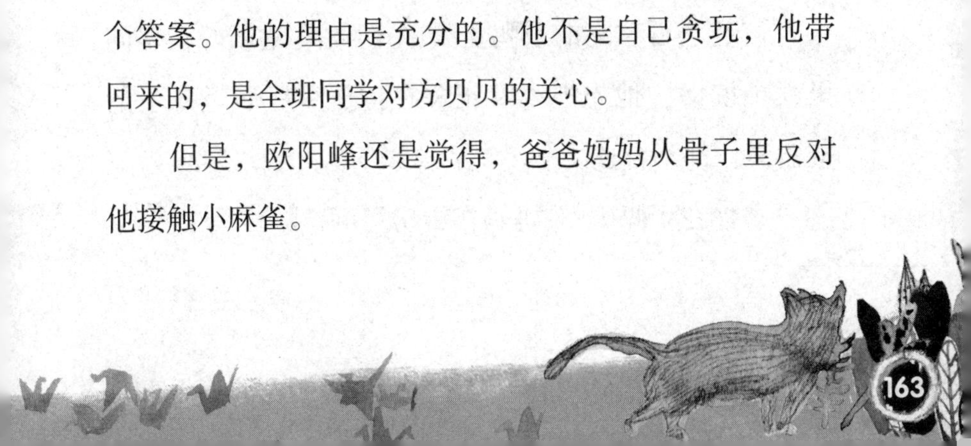

怎么办呢？把小麻雀藏起来，肯定不合适，再说藏哪里呢？藏哪里都不安全，只有带回家。

欧阳峰抬头看看自家的窗口。

窗口亮着灯。多半是妈妈回来了。

欧阳峰想了想，把书包里的书拿出来，放进绿色鸟笼里，藏在一楼地下室的门后，用扫把、畚箕挡着。他用四本书在书包里搭起四面，把小麻雀放进去，然后提着书包上楼。

“爸爸妈妈。”欧阳峰打开门，高声喊着，钻进自己的房间。

“你爸没回来呢。”妈妈在厨房里说，“但他回来吃饭。我给他熬一锅稀饭。”

“爸爸喜欢吃的咸鸭蛋要煮上啊。”欧阳峰在房间里大声说话。他想把小麻雀关在抽屉里，装进床下的鞋盒里，都不合适。

“你在干吗呢？”妈妈在厨房里问。

欧阳峰每天回来，第一件事就是找吃的，好像饿了一天。

“妈妈，作业有点多啊。”欧阳峰说。

欧阳峰握着小麻雀，在房间里团团转。小麻雀很有兴趣地看着他。还好，它没叫“啾啾”。

窗帘飘起来。

外面起风了。

欧阳峰笑了。他有了一个绝妙主意。他找到一根绳子，一头拴着小麻雀的脚，一头拴着窗子的把手，让小麻雀站在窗台上。然后，他拉上窗帘。

欧阳峰并不知道，杨晨前几天的做法，基本上和他一样。

欧阳峰安置好小麻雀，心里踏实了。

吃晚饭的时候，爸爸打了电话，说要迟回来一会儿。

妈妈把熬好的稀饭用小火煨着。

爸爸最喜欢喝稀饭。

欧阳峰和妈妈吃过晚饭，回房间写作业。他看到书包瘪瘪的，这才想起，书和作业本在地下室的鸟笼里。他吓出一身冷汗。他趴在床上想了一会儿，爬起来，把书包藏在腰上，用皮带勒紧。

“妈妈，我到仙鹤门小学去看看啊。”欧阳峰推开家门说。

妈妈问：“这个时候去看学校啊？”

“嗯。去看看就回来。”欧阳峰关上家门。

欧阳峰直接到了地下室，把书放进书包。他背着书包，准备上楼，却在楼道里遇到了爸爸。

“你怎么从地下室上来？”爸爸问。

欧阳峰说：“看见一只猫。”

“猫？”爸爸帮欧阳峰提着书包说，“欧阳峰，你现在不是鸟就是猫，情况不好啊。”他看看书包问：“怎么，你才回来？”

欧阳峰说：“我对妈妈说，到对面学校去看看的。”

“呵呵，背着书包找感觉啊？”爸爸问。

欧阳峰点点头。

欧阳峰和爸爸回到家，钻回房间，把房门反锁，然后写作业。

“笃笃笃！”爸爸敲门，要欧阳峰出来一下。

欧阳峰拿着笔出来，有些心虚地问：“做什么？”

爸爸看看妈妈，问：“上次的小麻雀，现在怎么样了？”

欧阳峰说：“小麻雀很好的啊，在顾爷爷的屋檐下。”他没敢说鸟笼失踪的故事，当然也就没方贝贝的事。

“小麻雀还在啊？”爸爸问。

妈妈问：“一直养着的啊？”

欧阳峰点点头。

“还要给你做礼物？”妈妈问。

欧阳峰说："嗯。做礼物。"

妈妈看看爸爸，对欧阳峰说："快去做作业吧，抓紧做！做完就睡！"

做完作业，已经十点半了。欧阳峰洗漱后上床，想着明天早晨去仙鹤门小学门口等方贝贝的情景。他觉得，让方贝贝看小麻雀是有意义的，希望截肢后的方贝贝，能像鸟一样飞翔。

楼下有猫叫："喵呜！"

欧阳峰没在意，一下子进入梦乡。他梦见绿色鸟笼越来越大，里面的小麻雀也越来越大；他坐在一个红色的气球上，跟着小麻雀飞；突然，气球爆炸了——

欧阳峰突然醒了，猛地坐起。他看到窗口亮着，街灯的光芒翻进房间。

"喵呜——"

"喵——"

"喵呜——"

"……"

欧阳峰听出来，楼下有好多只猫在叫唤，有的声音妩媚，有的声音热情，有的声音痛苦，有的声音委婉，有的声音凄厉。他掀开窗帘的一条窄缝，看到楼下坐着、站着几只猫，还有一只猫站在树枝上。

猫怎么了？

欧阳峰听到爸爸妈妈起来了。他还看到，有的人

家的窗子开了。窗口的灯光里，探出黑黢黢的人。

“去！”有人驱赶猫，“叫什么叫！”

猫不理，继续叫。

“咣当！”有人向楼下砸了什么东西。

猫的声音戛然而止，好像吓跑了。但只过了一小会儿，“喵呜”的声音又冒出来了。先是一声两声，后来声音越来越多，此起彼伏。

猫叫了一夜。

第16章 你们干什么呢

一只小麻雀,让这个夜晚一塌糊涂。

爸爸妈妈一会儿睡，一会儿起。猫不叫的时候睡，刚睡下猫就叫，只得起来。从来没有听到过这么多猫叫，也从来没有听到过猫这么叫。对楼下的猫叫，他们和邻居一样，不知道原因。有邻居实在受不了，冲到楼下驱赶猫，但刚回到楼上，猫又聚集过来了。所有的人,对猫都毫无办法。

一开始，欧阳峰也不知道猫为什么叫。猫叫，高一声、低一声，长一声、短一声。这些声音像猫爪，

把夜晚撕得支离破碎，让他烦躁不安。

半夜之后，欧阳峰突然明白：这么多猫叫，是因为窗台上有一只小麻雀吧？他赶紧拉开窗子，担心小麻雀受到伤害。他家住四楼，没有哪一只猫能爬上来。窗下有一棵树，但只有两层楼高，猫爬在上面，跳不上来。

猫认识小麻雀吗？欧阳峰想。他觉得，猫应该不会认识小麻雀。人都见不到麻雀，猫怎么会见到？但他又想，猫的祖宗对麻雀很熟悉，因为猫吃麻雀。所以，猫的基因里，对麻雀有概念。就像一个小朋友，从来不知道肉，但喜欢吃肉。

欧阳峰看见，小麻雀在猫声中发抖。它缩在角落里，像一颗小土豆，或者像一块破布。他想，麻雀对猫一定不熟悉，但因为总是被吃，所以基因里天生害怕猫，就像害怕人一样。

幸亏，猫在地上，在树上；麻雀在窗台上，在空中。猫和麻雀之间有距离，这个距离不是靠跳跃就能缩短的。

欧阳峰笑了。他放心了。他笑的原因还有一个，那就是小麻雀一声不吭。如果小麻雀叫了，危险的不是猫，是他的爸爸妈妈。

如果爸爸妈妈看见窗台上藏着一只小麻雀，而且引来那么多猫，一定会生气的。

天快亮的时候，欧阳峰告诉自己不能睡了。恰恰在这个时候，他的眼皮睁不开了。眼皮一合，他就忽地失去了意识。

“快起床啦。”爸爸喊。

欧阳峰猛地坐起：“几、几点？”

“六点四十啦！”爸爸拉着窗帘，阳光一下子涌进来，“晚上听到猫叫没有？”

“猫……没有，没有。猫在哪里叫？”欧阳峰说。

爸爸笑着，把欧阳峰的衣服扔到床上说：“一个晚

上，像唱戏一样。猫怎么会叫呢？无数的猫。”

“爸爸你出去，快！我就起来！”欧阳峰想起小麻雀在窗台上，而窗帘已经被爸爸拉开了。

爸爸退出去，拉上门。

欧阳峰的耳边还有猫的叫声，高一声、低一声，长一声、短一声。这些声音，把他的脑子搅糊涂了。坐在床边，理一理头绪。他首先想到小麻雀是不是还在。他弹跳起来，扑到窗边。他看到小麻雀贴着墙站着，浑身蓬松着，正在打瞌睡。

“欧阳峰，洗脸啦！”爸爸在外面喊。

“欧阳峰，吃饭啦！”妈妈在外面喊。

“来啦来啦！”欧阳峰嘴里答应着，心里想着一个难题。

按照计划，欧阳峰应当在爸爸妈妈起床前，把小麻雀和鸟笼拿到家门外，然后吃早饭，再趁爸爸妈妈不在意，丢下饭碗就走，对爸爸妈妈就说想起一件事，要早一点去学校。这样，他就不会当着爸爸妈妈的面提着鸟笼出门，也不会和爸爸妈妈一起出门。

这个计划，被猫搅乱了。欧阳峰起迟了，小麻雀和鸟笼拿不出去了。怎么办呢？他站到窗口向下看。他想，或许有一个办法：把小麻雀放进鸟笼里，再把鸟笼扔到楼下。但是，扔到楼下，他必须立即下楼，否则鸟笼即使不被路过的人拎走，也会被猫抓破。

欧阳峰看到一个人，正仰面看着他。

这个人是李强。

李强担心欧阳峰早上会遇到困难，一大早就到楼下了。他等不到欧阳峰下楼，就仰面寻找欧阳峰家的窗口、阳台。

李强的目光和欧阳峰的目光相遇了。

欧阳峰用枕巾把小麻雀包好，放进鸟笼，然后拉开窗子，把鸟笼扔下去。

“啾啾！”李强学着小麻雀叫。

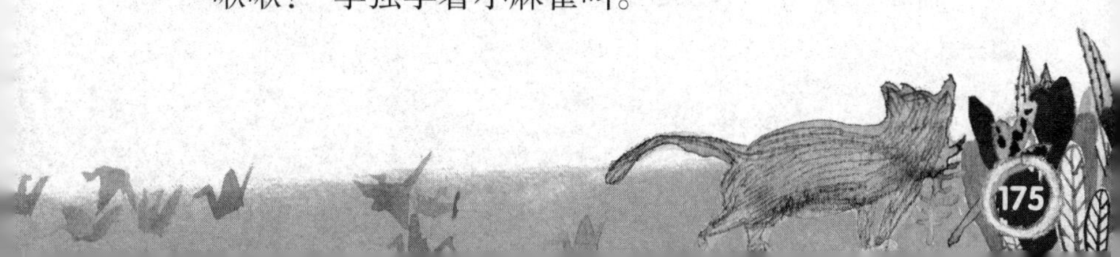

欧阳峰猜到，小麻雀和鸟笼安全了。

“磨蹭什么呢？”妈妈推门进来，“快点啊。”

欧阳峰乖巧地说：“来啦来啦。”他漱嘴、洗脸，像突然想起来似的：“啊呀！差点忘了！”他冲进房间，把书包甩到背上，冲到客厅，端起桌上的牛奶倒进嘴里，抓起两片面包，冲到门口。爸爸妈妈还没反应过来，他一拉门出去了，再一推门：“咣！”他不见了。

欧阳峰在小区外的煎饼摊后面，找到了李强。对李强的出现，他感动得要哭了：“谢谢！我们生死兄弟！”

李强把鸟笼交给欧阳峰说：“别肉麻啦。我看学校门口，你看小区门口，当心被叔叔阿姨看到。”

“噢！”欧阳峰站到李强的身后，紧张地盯着小区门口。

仙鹤门小学门口，忽然间有了很多人。不少同学自己走来上学，更多的同学被汽车、自行车、电动车送来上学。

十分钟后，校门口几乎没有人了。

白色私家车，没有出现。

李强突然跑过马路，奔到对面的学校门房。他和门房爷爷说着话，然后慢慢走过来。

“怎么样？”欧阳峰问。

李强苦着脸说：“没来。”

“那、那怎么办？”欧阳峰问。

李强想了想说：“来不及了！赶紧回！”他看到一辆出租车过来，赶紧招手。

李强和欧阳峰赶回大钟亭小学，第一节课预备铃已经响了。他们把鸟笼交给顾爷爷，向班级跑去。徐老师走到四（2）班门口了，他们赶紧狂奔，抢先一步进了教室。

“徐老师驾到。”李强喘着气说。

下课后，欧阳峰和李强把早上的情况告诉同学

们。大家的心情突然沉重起来。生病、死亡，这些好像离自己很远的事情，没想到身边就有。

“李强，你要是不去探路，我们也不会知道什么方贝贝。”钟海涛嘟囔着说。

“我？我不去，也是有方贝贝这个人的。”李强急了，“他的腿，又不是被我看坏的。”

“我们看不见，我们就不会为他担心啊。”钟海涛说。

李强说：“我们去看他，就多了一个人关心啊。”

“我们没关心上，倒是担心上了。”钟海涛说。

李强看着大家，希望有人帮他说句话，但没有人说话。他只好说：“那你说，怎么办？”

“这事怪我。”欧阳峰说。他告诉大家，是李强不放心，一大早去接应他的。他说，他迟起床的原因，是晚上没睡好。

“尽是猫叫。”欧阳峰说。

大家开心地笑了："哈哈哈哈……"

"你不能怪李强的。"杨晨对钟海涛说，"没有李强，我们怎么会知道方贝贝呢？"

"对！"姜珊说。

钟海涛红着脸说："我没有怪李强。我是想说，李强应当问问，方贝贝是不是住院了。"

"我……"李强说。

欧阳峰接过话说："我晚上回去问问。"

"你晚上回去，他们又放学了。"孙新悦说。

迟速说："我们请李校长帮忙打个电话问问吧。"

"对啊！"大家说。

中午放学后，迟速和杨晨去找李校长。

李校长马上给仙鹤门小学打电话。电话里说，方贝贝住院了。

"什么病？"李校长问，然后一边点头，一边在纸上记着什么。

“什么病？”迟速问。

李校长没说话，在纸上画了一个圈，竖起纸张给大家看。

“啊？”迟速和杨晨看到，那个圈里面是一个让人害怕的词：骨癌。

“我们下午去看看方贝贝吧。”李校长说，“我不知道就算了，现在知道了，就不能当不知道了。”

迟速和杨晨离开校长室，回自己的班级。他们谁都不愿先说话，好像一说话，“骨癌”两个字就会爆炸。他们没想到，一只小麻雀，竟然会引出这样的故事。

这个世界，每天发生多少故事啊！

“你们干什么呢？”洪铁平突然站在迟速和杨晨面前。

第17章 小麻雀自己进鸟笼

迟速不由得退后一步："没有干什么啊。"

"对，我们有什么好干的？"杨晨推开洪铁平说，"你干什么，我们就干什么。"

"别瞒我了。我都知道了。"洪铁平一手拉着迟速，一手拉着杨晨。

"哈哈，你知道了，还问？"杨晨说。他又认真地问："你知道什么？"

洪铁平老老实实说："知道一点点。鸟笼昨天晚上又没了，今天早上李强和欧阳峰拿来了。"他奇怪地问：

“李强和欧阳峰这是要干什么啊？”

“这个……”迟速看看杨晨说，“洪铁平，我们是不是告诉你，要回班上问问大家。”

“好！有好事，要带我们（2）班啊。”洪铁平说。

“呃——”迟速站住，看看杨晨，又看看洪铁平，“这是好事还是坏事？”

“什么事？”洪铁平急忙问。

迟速没想到自己会问出那样的话。那句话，是被洪铁平带出来的。他没把方贝贝的事告诉洪铁平，和杨晨回到班上。

下午上课前，迟速看班上同学到齐了，关上教室门：“我问同学们一个问题，我们关心方贝贝，是好事还是坏事？”

大家都说是好事。

“要是没这事，不是更好吗？”迟速推推眼镜说。

大家愣住了。

杨晨说："所以，我们要谢谢李强，发现了这件事。"

"没有没有。"李强说，"我还不知道这是好事还是坏事呢。"

"对方贝贝是坏事，对吧？"尹露露站起来说，"对我们是好事，对吧？"

姜珊慢慢站起来问："啊？这么说，他有坏事，我们才能有好事啊？"

"都怪我，想复杂了。"迟速说。他和大家商量了一下，决定还是把这件事告诉洪铁平，告诉其他班的同学们。

"先告诉洪铁平。"李强说。

课后，李强急忙去找洪铁平，把方贝贝的事告诉他。

"啊？"洪铁平先是吃惊，再是高兴，"你们知道方

贝贝是我的谁吗？”

“你的谁？谁啊？”李强问。

洪铁平说：“他是我舅舅的儿子啊。他生病了，住院了，我们班还想去看他呢。”他把李强带到班上。

四（2）班的同学都在教室里，手在抽屉里。

洪铁平对大家笑笑，拍拍手说：“自己人。”

同学们把手拿出来，每个人手上都有一张纸。他们在折千纸鹤。

“啊呀！大水冲了龙王庙啊！”李强赶紧回班上。

李强把四（2）班的事告诉同学们，大家都觉得这事太巧了。他们各自有着秘密，但这个秘密有一个共同的源头。再下课，两个班的同学相见，感到格外亲切。

迟速问杨晨：“麻雀的伤怎么样了？”

“不清楚。”杨晨说，“这几天光顾着鸟笼失踪，没看它的伤口。”

“下午放学，我带小麻雀去复诊。”杨晨又说。他妈妈是医生，所以能说出“复诊”这样的词。

放学后，杨晨和李强几个同学来到顾爷爷这里。顾爷爷解开拴鸟笼的绳子，取下鸟笼。

小麻雀站在横档上。好像知道杨晨他们会检查它的伤口，它像孔雀开屏那样张开翅膀。

杨晨用力晃着鸟笼。

小麻雀的爪子抓紧横档，不停地扑闪着翅膀，不让自己掉下来。实在抓不住，它就急速扇动翅膀飞起来，再落到横档上。

“顾爷爷，你看小麻雀的伤口怎样了？”杨晨问。

顾爷爷看看说：“不错，不错，能飞了。”

大家记得，刚见到小麻雀的时候，它的一只翅膀是耷拉着的。

“抓出来看看。”李强说。

“谁抓？”杨晨问大家。

李强抢先说：“我！”

“小麻雀能飞了，你可要小心。”杨晨对李强说。

李强伸出去的手又缩回来：“那……我还是不抓吧。”

大家都不敢抓，怕小麻雀会飞走。

“顾爷爷，你抓出来看看吧。”杨晨对顾爷爷说。

“好！”顾爷爷挽起袖子，右手高举，手指张开，在空中抓了抓。然后，他打开鸟笼的小门，把手伸进去，摊开手掌。

小麻雀站在横档上，撅着屁股，在顾爷爷的手掌上啄着。

顾爷爷动动手指，像在邀请小麻雀。小麻雀看看大家，跳到他的手掌上。他慢慢握起手掌，团住小麻雀。

小麻雀在顾爷爷的手里。

顾爷爷慢慢松开手掌，露出小麻雀的头。然后，他左右手配合，先是抓住小麻雀的爪子，再抓住小麻雀的翅膀。

“啾啾！”小麻雀昂起头。

翅膀有伤的地方，只有一点浅颜色的痕迹。

“好了。”顾爷爷说。

李强说：“它没有伤到筋骨，就一点皮肉伤。”

“它有伤，只要不是致命的，都能自己好起来的。”顾爷爷说。

孙新悦问：“它们不去医院吗？”

“它们哪里有医院？”杨晨笑着说。

孙新悦问：“不是有动物医院吗？”

“老板，动物医院是我们人开的。”李强拉着孙新悦的衣服，为那么幼稚的问题感到难为情。

“噢——”孙新悦说。

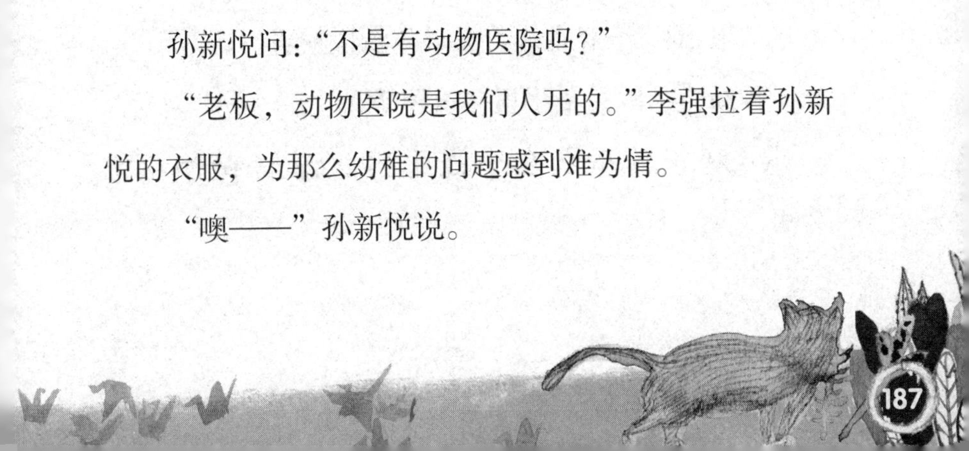

“哈哈哈哈……”大家笑了。

顾爷爷问大家：“你们有没有谁要拿一下小麻雀？”

大家想拿，又不敢，怕小麻雀飞了。

“没有的话，我放进去啦。”顾爷爷说。

李强看到，孙新悦的眼神直勾勾的，想拿小麻雀。他对顾爷爷说：“我要！”

顾爷爷把小麻雀送到李强面前。

李强想先抓翅膀，又改变主意，抓爪子。他对孙新悦说：“老板，我抓住爪子了，你拿住翅膀。”

孙新悦激动得满脸通红。她小心地伸出手，摸摸小麻雀的羽毛。

“啾啾！”小麻雀侧着头对孙新悦喊着。

孙新悦从顾爷爷手里接过翅膀。

小麻雀的爪子在李强手里，翅膀在孙新悦手里。

“啾啾！”小麻雀又叫了一声，动了一下。

孙新悦慌忙松手。

“啊呀，你怎么能放弃啊！”李强急了，一手抓紧爪子，一手去捂小麻雀。

小麻雀并没有做更多的动作，蹲在李强的虎口上。李强想捂小麻雀的手，悬在一边。他从慌乱中平静下来：“你们看，你们看。哈哈，小麻雀！”

其他同学见了，也想拿小麻雀。

“啾啾！”李强对小麻雀说。

小麻雀歪着头看着李强，嘴张了张，又闭上。突然，它昂起头，对着天空叫了一声：“啾啾！”它低下头，看着李强的虎口，啄了一下。

李强感到一丝疼痛，捏着爪子的手一松。

小麻雀向地上掉。

“啊！”大家一阵惊呼。

小麻雀快掉到地上的时候，张开了翅膀。它一用

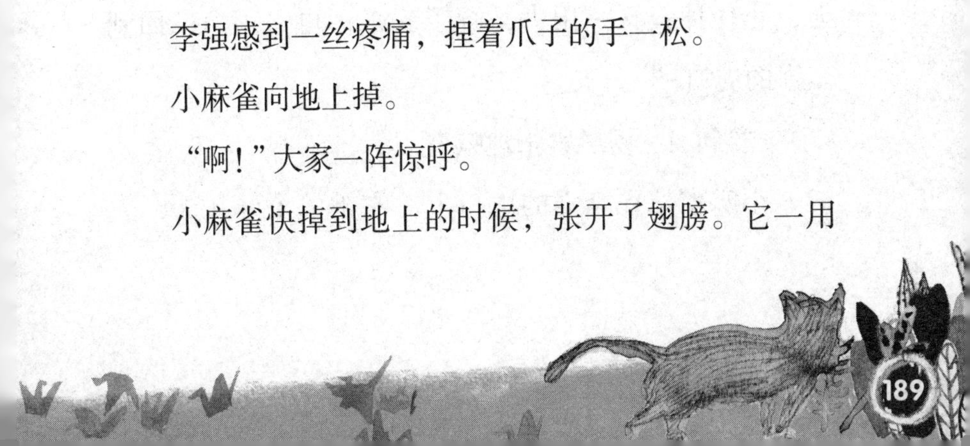

力，止住掉；又一用力，腾了起来；再一用力，回到李强的虎口。

“当心！”杨晨紧张地喊着。

小麻雀站在李强的虎口上。它被关了好几天，大概还以为被人控制着，没有飞走的念头。

大家想抓住小麻雀，又怕惊动它。

“怎么办？”李强要哭了，一手平端着，一手举着。他一动也不敢动：“你们救救我啊！”

“别动啊！”杨晨说。他两手做出合拢的样子，慢慢向李强的虎口围去。

大家憋住呼吸，看着杨晨的手。

杨晨的手快要合拢了。

“啾啾！”小麻雀清脆地叫了一声，一展翅，飞到门房的屋檐上。

“啊！”大家抬起头，眼巴巴地看着小麻雀。

小麻雀站在屋檐上，小步跳着。它抖了抖身体，羽毛蓬松成一团，再紧凑起来。然后，它双脚一弹，斜着向上飞。

“哦——”大家绝望地看着小麻雀。只要小麻雀再振一下翅膀，天空和自由就是它的了。

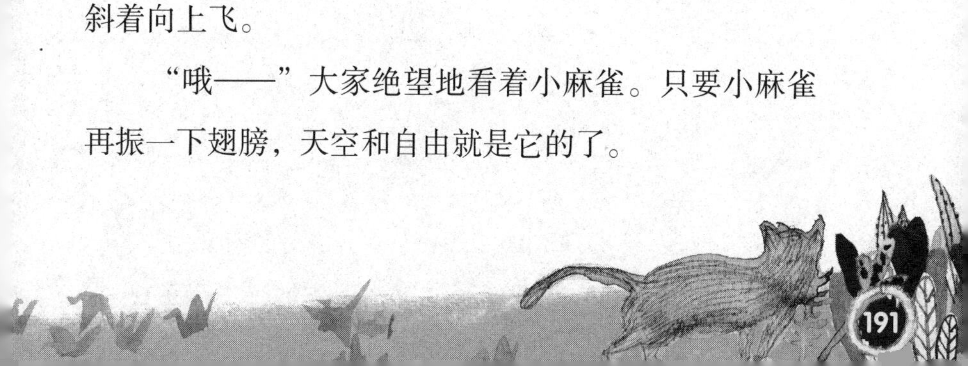

李强一屁股坐在地上，哭着说：“我犯罪啦！我犯罪啦——”

“早晚要放飞的，别哭了。”孙新悦拉着李强。

姜珊对李强说：“你别哭，你一哭我就难受。没有你，我们也不会有它。”

“嘘！别说话。”杨晨看着屋檐上的小麻雀。

小麻雀张开翅膀，绕着大家的头顶飞。它飞了一圈，落到绿色鸟笼上。它围着鸟笼飞了一圈，落到小门上。它用爪子拨开鸟笼门，自己钻了进去。

第18章 一万只彩色鸟在飞

欧阳峰推开窗子。他看到，乌蓝的天空闪烁着几颗星星。他又伸出手去，微风从他的指尖划过。

这个夜晚，欧阳峰是第四次起床了。睡一会儿，他就会醒来，看看手表，然后下床推开窗子。他怕自己睡过头，也怕外面会下雨。

才四点一刻。

夜空晴朗。

欧阳峰躺到床上，望着天花板。闹钟在床头柜上“滴答”响着。他设置闹铃了。这还不算，他让爸爸妈妈也设置闹铃了。他还让迟速在六点半，给他家打电话，相当于“叫醒服务”。

校服放在椅子上。昨晚，妈妈把校服熨了一下，叠好。校服有棱有角，服服帖帖，就等主人穿了。

“最后一次穿了。”欧阳峰看着校服，鼻子酸酸的。

欧阳峰的转学手续已经办好。他去仙鹤门小学，坐方贝贝空出来的位置。

方贝贝已经住院。如果手术顺利，他将休学一年。如果——医生说了最坏的结果。但是，大家都不相信最坏的结果。

“大家不要害怕。医生必须说。”杨晨对大家说，“即使是一个外科手术，医生也要和病人家属说清楚后果，以防万一。”

“我妈妈说的，方贝贝年轻，恢复得快！”杨晨对大家说。他说这句话的时候，隐瞒了妈妈说的下半句话。妈妈说："年轻，癌细胞也活跃。"但妈妈还说："就看方贝贝的抵抗力了。他年轻，抵抗力强。"

"我的位置也会有人顶。"欧阳峰对爸爸妈妈说，"一个民工子弟。学习成绩特别好，而且钢琴弹得好。民工子弟学校教不了他。"

爸爸妈妈的心里有些难过。

爸爸妈妈给欧阳峰转学，唯一原因是上学太远，要转到离家近的地方。但转学的心情并不迫切，什么时候转都可以，实在不转也行。转学的触发点是小麻雀。他们怕欧阳峰路上花费时间，在学校又被小麻雀什么的占去时间。

"精彩吧？"欧阳峰把小麻雀背后的故事，讲给爸爸妈妈听了。

妈妈在卧室对爸爸说："我怕欧阳峰带小麻雀去新学校，给仙鹤门小学不好的印象。呵呵。"

"背后的故事，谁都难以预料。"爸爸说。

天一亮，大钟亭小学和仙鹤门小学的两个四(1)班，要去医院。

方贝贝上午十点做手术。

大家去为方贝贝加油。

欧阳峰把闹钟抱在胸口，按照“滴答、滴答”的节奏呼吸。一会儿，他睡着了；一会儿，他被闹铃惊醒了。他翻身下床，听到客厅里的电话响了。

迟速把叫醒电话打来了。

欧阳峰吃好早饭，穿好校服，干净整洁地站在爸爸妈妈面前。

“走！”爸爸妈妈对欧阳峰说。

下楼的时候，爸爸对欧阳峰说：“要常回大钟亭小学看老师和同学。”

“嗯。”欧阳峰说。

妈妈说：“要让两个学校的四（1）班结对子哦。”

“嗯。”欧阳峰说。

欧阳峰和爸爸妈妈出了小区，走到对面的仙鹤门小学。

一辆大客车停在校门边。

爸爸妈妈把欧阳峰交给班主任徐老师。

真巧，仙鹤门小学四（1）班的班主任也姓徐。只是，仙鹤门小学的徐老师快四十岁了，大钟亭小学的徐老师正怀着小宝宝。

欧阳峰明天正式转到仙鹤门小学，他今天还是大钟亭小学的学生。他今天搭仙鹤门小学的车去医院。

仙鹤门小学四（1）班的同学们，已经在大客车上了。他们都穿着仙鹤门小学的校服。每个座位上，都坐着两个同学，只有一个同学旁边空着。那是方贝贝的座位，穿大钟亭小学校服的欧阳峰走过去。

仙鹤门小学四（1）班的大客车到医院门口，大钟亭小学四（1）班、四（2）班的大客车也到了。

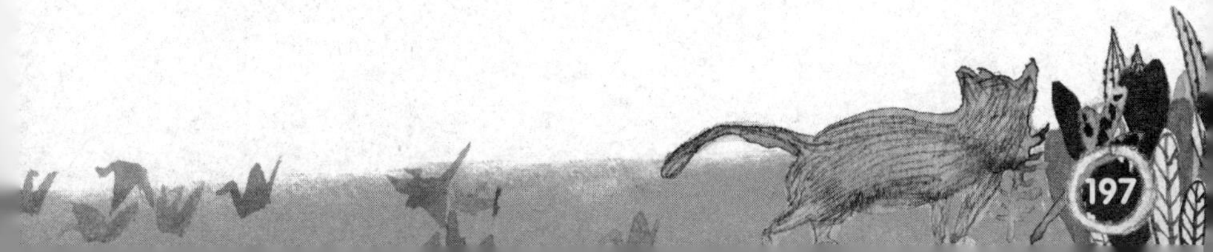

大家一起下车，走向医院里的大草坪。李强捧着一个盒子一样的东西，外面蒙着蓝色的布。

徐老师也来了。她穿着咖啡色长袖连衣裙。她的肚子，能看出鼓了。

欧阳峰跑回到大钟亭小学四（1）班。

“老欧阳，看见你在那边，我真难受。”钟海涛抱着欧阳峰的肩膀说。

李强把蓝色盒子放到地上，说：“钟海涛失去了一个老同志、老朋友！”

“那、那、我、我不转学了。”欧阳峰要哭了。

“那怎么行，你不去做卧底啦？”李强说，“你要临阵脱逃啊？”

“哪里还有什么卧底啊，两个班都‘手拉手’了。”姜珊说。

孙新悦笑着说：“别转了，我们要换新校服了，我设计的。”

“好！”欧阳峰对迟速说，“你们帮我说说。”

“说说？对谁说啊？”李强问。

欧阳峰说：“我爸爸妈妈啊。”

“根据我的经验，凡是爸爸妈妈决定了的，要想翻过来，几乎不可能。”姜珊说。

张天说：“那——总不能见死不救吧？”

“哈哈哈哈……”李强说，“欧阳峰是去死啊？”

“啊——”张天不好意思地笑了。

洪铁平带着一个女同学跑来说：“介绍一下啊，这位是仙鹤门小学四（1）班的班长陈菲。”

“我早就知道你们了。”陈菲爽朗地笑着，“大名鼎鼎的大钟亭小学四（1）班。”

“嘿嘿，不好意思。”李强说，“我们也有女生班长。”

陈菲说：“知道，尹露露。”

“啊？你把我们的老底都摸清楚啦？”张天问。

陈菲对张天说：“你是张天吧？你问问迟速，有没有把我们的老底摸清楚。”

“陈菲，仙鹤门小学四（1）班班长，小发明家，已经获得十三项专利。爸爸被派到联合国裁军委员会工作，妈妈是著名特级教师陈兰……”杨晨说。

“哈哈哈哈……”三个班的同学聚到一起，开心地笑着。

树林的那一边，太阳升起来了。阳光透过树叶之间的空隙照射过来，让草尖的露珠晶莹透亮。一会儿，太阳站在树上。早起的气温有些低，现在大家感觉到了温暖。

天空碧蓝，非常非常高。天上，没有一丝云彩。

草坪边的跑道上，有几个人在跑步。

草坪上有几个病人在慢慢走。

一条白色的小狗，像一个球一样在草坪上滚动。

“看！那是什么？”李强指着太阳升起来的地方。

一个银灰色的飞艇，悬在很高的地方，像一条大鱼游在大海里。它缓缓游着，游过草坪上空。

同学们打开几个大蛇皮口袋，小心地抽出一根线头，然后向远处走。每个班都准备了六根绳子，绳子上系着五彩的千纸鹤。

绳子都拉出来了，排了十八排。

千纸鹤歇在草地上。

老师们忙碌着，把绳子绑在竹竿上。

“起！”李校长高声喊着。

竹竿竖起来了，十八根绳子拉成十八排。

千纸鹤飞起来了，像无数彩色的鸟在低空飞行。

医院的手术室，在草坪南边大楼的十一层。大家能数出十一层在哪里，但不清楚方贝贝会出现在哪一个窗口。

“啾啾！”蓝色盒子里发出小麻雀的叫声。

李强把蓝色盒子交给孟可文。

孟可文捧着蓝色盒子。他个子高，手臂也长。

九点半，南楼十一层的一扇窗户开了。一个护士站在那里，向草坪招手。

大家不说话，一起向窗户招手。

一会儿，窗口露出一个人的头发、额头、眼睛、鼻子、嘴巴。

方贝贝的头部露出来了。

接着露出的是方贝贝的脖子、胸口、膝盖、小腿、脚。

方贝贝坐在液压车上，像一幅画镶嵌在镜框里。

方贝贝向大家招手。

“预备！”迟速说。

孟可文高举起蓝色的盒子。

“放！”迟速说。

杨晨和欧阳峰拉下蓝色的布。

绿色鸟笼高举在孟可文的头顶。鸟笼的门打开着，小麻雀站在横档上。

“飞啊，小麻雀！”李强喊着。

小麻雀低着头向门外看看，然后双脚一蹬，尖着头射出鸟笼。

小麻雀飞出一个弧线，飞到大家头顶。它越飞越高，越飞越高。它在很高的地方转身，向太阳升起的地方飞去。然后，它折身回来，向绿色鸟笼俯冲。它飞速下坠，到鸟笼了也不减速。

“啪！”小麻雀稳稳地站在绿色鸟笼上。鸟笼受到冲击，在孟可文手上晃了晃。

“蹲下！”李校长喊道。

大家忽然不见了。

草坪上，只有无数的彩色鸟在飞。

“啾啾！”小麻雀再一次起飞。它在大家的头顶盘旋着，然后向南楼飞去。

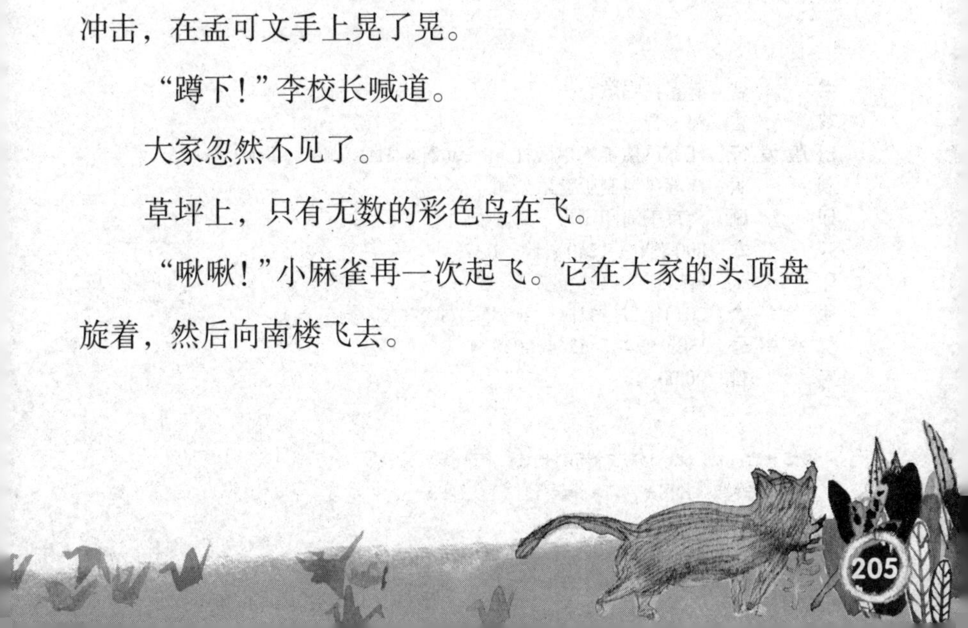

图书在版编目（CIP）数据

麻雀在唱歌. / 祁智著. —南京：江苏凤凰美术出版社，2015.1（2023.4重印）

ISBN 978-7-5344-8058-4

Ⅰ. ①麻… Ⅱ. ①祁… Ⅲ. ①儿童文学－短篇小说－小说集－中国－当代 Ⅳ. ①I247.7

中国版本图书馆CIP数据核字（2014）第270028号

责任编辑　朱　婧　高　静
装帧设计　王晨玥
插图绘制　刁　荧
责任校对　奚　鑫
责任监印　生　嫄

书　　名　麻雀在唱歌
著　　者　祁　智
出版发行　江苏凤凰美术出版社（南京市湖南路1号　邮编：210009）
制　　版　江苏凤凰制版有限公司
印　　刷　南京玉河印刷厂
开　　本　890毫米×1240毫米　1/32
印　　张　6.75
版　　次　2015年1月第1版　2023年4月第8次印刷
标准书号　ISBN 978-7-5344-8058-4
定　　价　20.00元

营销部电话：025-68155675　营销部地址：南京市湖南路1号